Oplepo

Giallo d'Anghiari

Misteri obbligati

Biblioteca Oplepiana

N. 16

 http://www.inriga.it

 info@inriga.it

 https://it-it.facebook.com/inrigaedizioni/

 https://twitter.com/inrigaedizioni

 https://www.linkedin.com/company/in-riga-edizioni-e-literary-agency

Nella riunione del 13 ottobre 1996 svoltasi negli oscuri sotterranei della Buca di San Francesco ad Arezzo l'*OpLePo* (Opificio di Letteratura Potenziale) decide d'impegnarsi nella stesura di una raccolta di "novelle del mistero" elaborate nel rispetto di alcune regole.

Le regole sulla base delle quali devono essere composti i "gialli oplepiani" sono:

la lunghezza di ogni testo è fissata in 25.586 caratteri (spazi inclusi), cifra risultante dalla somma delle date di nascita dei membri di *OpLePo*; il numero delle battute è calcolato sulla base di un Word processor di riferimento; per quanto riguarda le norme tipografiche si fa riferimento a quelle in uso nei volumi pubblicati dalla Casa Editrice Einaudi;

in ogni testo compaiono e agiscono quattro personaggi fissi e unici che hanno i nomi e le professioni corrispondenti alle quattro diverse lettere della parola OPLEPO – ovvero O, P, L, E – come segue: Ottone orafo, Penelope psicoanalista, Lallo logopedista, Erica erborista. Ognuno dei personaggi deve essere caratterizzato in modo esplicito da almeno un attributo che inizi con la lettera del proprio nome; possono essere citati altri personaggi celebri o comparse prive di nome;

l'ambientazione scelta è Anghiari nell'anno 1996;

ogni testo deve contenere, in un punto qualsiasi della narrazione, la seguente frase: "Ogni piccola luce evoca profonde oscurità", il cui acronimo è *Oplepo*;

il tema del racconto deve essere: "mistery story" o "suspense";

il titolo del racconto, escluso dal computo dei caratteri del testo, deve essere di 13 lettere, corrispondenti al numero dei membri dell'OpLePo;

ogni altra costrizione volontaria e manifesta è assolutamente vietata.

Dopo una breve pausa di riflessione, ricca di suspense, durante la quale si consuma all'interno del gruppo un misterioso assassinio (o suicidio?) al vertice, il progetto viene ripreso e definitivamente realizzato. Senza ulteriori indugi l'*OpLePo* sceglie di cimentarsi con il genere poliziesco, impaziente di produrre enigmi criminosi.

Purtroppo alcuni testi – quelli di Paolo Albani, di un "anonimo", di Ruggero Campagnoli, di Marco Maiocchi e di Aldo Spinelli – si perdono distrattamente per strada e approdano su altri lidi, cartacei e virtuali, e cosí – colpo di scena! delitto nel delitto! – non sono compresi in questa *plaquette* poiché non piú inediti.

L'iniziativa oplepiana è un contributo originale all'esperienza di "letteratura poliziesca potenziale" sviluppatasi fin dal 1973, anno di fondazione dell'OuLiPoPo (*Ouvroir de Littérature Policière Potentielle*) ad opera di François Le Lionnais.

Fra i plagiari per anticipazione (espressione "paradossale e provocatoria" coniata per indicare quegli autori che in tempi precedenti alla nascita dell'*Oulipo* – cioè il 24 novembre 1960 – hanno usato metodi "oulipiani") in àmbito poliziesco sono da ricordare Jorge Luis Borges, Thomas De Quincey, Ellery Queen e S.S. Van Dine.

Elena Addòmine

Analisi finale

La giornalista corrispondente del notiziario virtuale *Italian News On The Web* stuzzicava l'oliva verde del suo Martini mentre attendeva ansiosa al tavolino del bar. Da poco responsabile della sezione di cronaca nera, aveva contattato Penelope Primiero per quella che sarebbe stata la sua prima intervista importante. Erano infatti trascorsi otto giorni dalla mattina in cui la cittadina di Anghiari si era svegliata attonita da un'edizione straordinaria del gazzettino locale. Il titolo raccontava: "Omicidio in casa Terzilli. Trovato nel cortile dell'edificio di Via Della Battaglia il cadavere di un uomo". Il corpo del professor Lallo Quarta, romano, noto a livello nazionale ed europeo per la sua dedizione al recupero di disabili e come logopedista d'eccezione, giaceva nel giardino di Erica e Ottone Terzilli: una pallottola ne aveva trapassato il cuore e si era incastrata nella lamiera dell'auto che Quarta si accingeva a guidare, forse per fuggire al suo killer. Ottone Terzilli non si trovava in casa al momento del delitto mentre, all'arrivo dei carabinieri, la moglie Erica sedeva in un angolo della camera da letto, in apparente stato confusionale.

La psicoanalista Penelope Primiero arrivò all'appuntamento con pochi minuti di ritardo, un'attesa che aveva comunque agitato per qualche istante le speranze della giornalista. La salutò con un sorriso aperto e si sedette al suo tavolino.

– Non le nego che ho avuto qualche dubbio nel decidere se accettare il suo invito, – confessò Penelope. – In queste ultime settimane, stampa e polizia mi hanno letteralmente attaccata. In ogni modo, questa è l'ultima intervista che rilascio. Sono in partenza: dopo tutta questa confusione ho deciso di concedermi una vacanza. – Parlava lentamente e con fermezza, quasi a confermare la sua bellezza altera. Si accese una sigaretta.

– Come lei saprà, e come ho già detto ai suoi colleghi, Erica è una mia paziente. – La giornalista si stupí di un inizio cosí diretto. Durante l'attesa aveva nervosamente riletto piú volte gli appunti per l'intervista, chiedendosi quale sarebbe stato il miglior modo per iniziare la conversazione. Penelope l'aveva repentinamente preceduta. – Erica ed io ci siamo conosciute cinque anni fa: il comune interesse per la medicina alternativa ci ha fatto incontrare a Roma durante una settimana-simposio sull'omeopatia. Simpatizzammo súbito, e grazie ai vari pranzi e cene organizzate durante il seminario, avemmo occasione di passare molto tempo insieme. Erica è una donna eccezionale, certamente fuori del comune. È giovane, ma era già allora un'eccellente erborista: suggerisco spesso ai miei pazienti di avvalersi dei suoi consigli per rimedi vari. Erica è dedita al suo lavoro con un misto di onestà, tenacia e ottimismo davvero invidiabile. Un paladino del pensiero positivo, per dirla come gli americani... Quando l'incontrai, devo ammettere che ne fui attratta, da un punto di vista psicologico, ovviamente. Piena d'energie, cólta, intelligente, un gran senso dell'ironia, facile a socializzare (ha una risata davvero contagiosa), una personalità direi spumeggiante. È anche dotata di una bellezza delicata, di cui non sembra rendersi conto. Sarà per via della mia professione, ma m'incuriosí súbito. Erica era apparentemente perfetta. Troppo perfetta. Volevo, se non trovarlo, almeno percepire l'esistenza del suo lato oscuro. "Dove ti nascondi, Erica", pensavo, mentre piena d'entusiasmo mi raccontava dell'articolo che stava scrivendo per una rivista di dermatologia. Cosí, al termine di una delle tante piacevoli serate trascorse insieme, le chiesi a bruciapelo se non fosse mai stata in analisi. La domanda fu come un colpo di fucile. I lineamenti del suo bel viso si contrassero brevemente. Ed Erica "volò via", con molta grazia, certo, ma si trattò d'una vera e propria fuga. – Penelope, quando termina l'analisi? – mi rispose veloce. – Tu sei una terapista, non una psichiatra, giusto? Tu non curi i deviati seri o i sedicenti Napoleone. Il "male di vivere" dei tuoi pazienti è sottile e al tempo stesso molto profondo. Come lo guarisci? Come fate a capire, tu e il tuo depresso di turno, che è il momento di interrompere una relazione che gli ha dato tanto supporto? Che è il momento di uccidere la pseudo-mamma? I tuoi clienti, con le loro nevrosi e la quotidiana razione di Prozac, te li dovresti tenere finché non muoiono. O si suicidano... – La guardai sorridendo, e finimmo la serata con un amichevole saluto. Questa era Erica, finché...

Finché un giorno bussò alla porta dello studio aretino di Penelope. La perspicace psicoanalista l'accolse con un "Ti aspettavo", che la sconcertò.

– Se sono qui, è perché quella che credevo fosse solo malinconia si sta trasformando in un mostro che m'impedisce persino di lavorare. E di ridere, che è molto peggio. Si è rotto qualcosa. Sto perdendo dei pezzi di me stessa. Mi sento davvero in imbarazzo a confessarti queste sensazioni. Ciò che mi accade è uno strano senso di frastornamento, di capogiro, che mi allontana dai problemi reali, impedendomi di risolverli. Forse è quello che voglio? Forse non voglio risolvere i problemi? La piú grande sensazione di panico è quando inizio a parlare e poi perdo il filo del discorso a metà, perché improvvisamente mi sembra che lo scopo ultimo di quello che sto dicendo sia inesistente, come non m'interessasse: forse è questa la prova della mia nevrosi? Sento anche un forte bisogno di bere. Penelope, posso bere durante la seduta? – Erica e Penelope si accordarono per tre incontri alla settimana.

Molti mesi, molti viaggi tra Anghiari e Arezzo, trasformarono l'iniziale disagio in un terapeutico rituale. Lentamente, Erica centellinava gocce di se stessa, del suo passato. A poco a poco Penelope seppe della sua famiglia disgraziata, di un fratello con conclamata psicosi maniacodepressiva (suicidatosi, infatti, gettandosi sotto la metropolitana milanese), del marito orafo, tanto caro, tanto caro, ma tanto noioso.

– Ottone è cosí prevedibile, cosí barboso. Vive al e per il negozio: hai presente la gioielleria di fronte alle scuole elementari? Anche il negozio è grigio, come lui... E quando non è al negozio, Ottone diventa ancora piú grigio, impallidito com'è dalla televisione. La sua indolenza e le sue piccolezze mi fanno impazzire. Grazie al cielo almeno un paio di volte al mese fa i suoi viaggi ad Amsterdam. Ho un marito ottuso, ma mi sono sempre detta che come coppia eravamo ben bilanciati.

– Eravate?

– Voglio dire, siamo...

Tante sedute, tanti ricordi, tanto nascondersi, fino a quando Erica trovò il coraggio di ammettere a se stessa la ragione del frastornamento iniziale e del profondo disagio: aveva iniziato una relazione con un altro uomo. L'aveva conosciuto qualche mese prima di iniziare l'analisi, durante un seminario parigino sull'autismo. Era stato un colpo di fulmine, cui al principio non aveva attribuito molta importanza. Si era giustificata pensando fosse stata la pazzia di una sera: Parigi, il Bordeaux, un insolito e affascinante sconosciuto da un lato; Anghiari, l'acqua minerale, e Ottone dall'altra. Chi avrebbe saputo resistere? Durante il volo Parigi-Roma si era detta: "Grazie al cielo di quest'uomo non so nulla. Torno a casa, do un bacio al caro Ottone ed è come non fosse successo niente. È stata solo un'avventura, è stata solo un'avventura", ripeté, cercando inconsciamente di convincersi. Ma non fu cosí. Un mese dopo, mentre in erboristeria preparava le solite tisane, Erica ricevette una telefonata che la lasciò senza fiato:

– Sono a Perugia, all'hotel Bellavista. Mi raggiungi stasera?

A Penelope, Erica non raccontava nulla dell'amante: il conflitto tra il senso di colpa, l'impossibilità di confessare la cosa ad Ottone ("S'ucciderebbe...") e l'incapacità di terminare la relazione adulterina erano il solo soggetto. Nonostante l'analisi, con i mesi l'attrazione iniziale si era patologicamente trasformata in una vera e propria ossessione. Era come se l'atto stesso del tradimento ed il suo costante reiterarsi avessero "stappato la bottiglia" dell'Erica irrazionale, cosí diversa dall'Erica che si era presentata a Penelope anni prima.

– All'inizio del nostro rapporto, non ci chiedevamo nulla l'uno dell'altra. Una telefonata: il luogo (persino gli squallidi motel sull'autostrada, quando Ottone non era ad Amsterdam) e l'ora. E tanto sesso. Stupendo. Come mai avrei osato desiderare. È solo dopo qualche settimana dall'inizio della nostra relazione che gli ho accennato dell'esistenza di Ottone, per giustificare la possibilità di passare insieme a casa mia un lungo week end. Ottone era infatti volato per il suo consueto business olandese. Non ha battuto ciglio. Ed io non ho chiesto quello che logicamente sarebbe stato ovvio chiedere: "E tu sei sposato?". Perché non l'ho chiesto, non lo so. Non ne ho avuto il coraggio. Ma il peggio è che non l'ho tuttora. Sono letteralmente intimidita da lui. So che innamoramento è ipnosi, ma io qui mi sto bevendo il cervello, Penelope.

– Erica continuava a ripetere a se stessa che il prossimo incontro sarebbe stato l'ultimo. Era chiaro che la relazione che si era creata era di tipica dipendenza. Erica rinunciava al proprio Io mettendosi in condizione di essere fagocitata dall'Io del partner. Ma non solo. Era anche la dimostrazione dell'esistenza di un'altra Erica, di un'Erica irrazionale che aveva taciuto per molti anni, forse da sempre, e ora era impossibile imbavagliare.

– Penelope, sono anni, anni che frequento quest'uomo, e mi rendo conto che non ti ho detto mai nulla di lui. Ma il fatto orrendo è che se anche volessi dirti qualcosa di piú di lui in quanto lui, e non vomitarti le mie solite proiezioni, se questo valesse cartaticamente a liberarmi l'anima, ho l'impressione che non riuscirei a dirti niente di sostanziale. Nonostante anni di incontri, non so nulla di lui. Non so se è sposato, non so nemmeno dove abiti esattamente. Non so, capisci? So che sembra assurdo, che è assurdo. Qualunque persona sana di mente stenterebbe a credere come io possa frequentare da anni lo stesso uomo senza mai chiedere, senza mai dar voce, se non altro, ad una normale curiosità. Quando non sono con lui mi faccio tante domande, anzi, sono ossessionata dal suo pensiero. Ma quando sono con lui, non so cosa m'accade. Un atteggiamento assolutamente inspiegabile. Provo un misto di timore e soggezione piú forte della mia ragione, che m'impedisce di fare domande.

Penelope continuò:
– Il quarto anno fece da crinale alla relazione e al matrimonio. Erica non tollerava piú il marito che, accortosi del graduale cambiamento della moglie, non era in grado di affrontare la situazione. Per lui, Erica era stata travolta da un'irrazionalità semplicemente incomprensibile. Ed Erica non aveva certo nessuna intenzione di risolvere il conflitto

creatosi all'interno del matrimonio. Mentre fuori dal matrimonio, dopo un lungo periodo di psicologica sottomissione nei confronti dell'amante, Erica aveva ora sviluppato un'aggressività come rivendicazione istintiva della propria identità, aggressività che, per quanto ne so, era espressa unicamente durante le sedute. E il risultato fu uno spaventoso deteriorarsi della loro relazione.

– Quello che mi fa letteralmente impazzire, è che ora, dopo quattro anni di questa sporca relazione, provo un senso di odio profondo verso di lui. Ho cercato di parlargli, di dirgli che è meglio per entrambi se almeno chiudiamo dignitosamente quest'indegna relazione. Ma ogni volta è la stessa cosa: reagisce con una violenza sconcertante. Ho dovuto mentire a Ottone sostenendo che è stato il cane a rompere la gamba della sedia del salotto! S'infuria, e se ne va sbattendo la porta. Ma è abile come un serpente. Mi telefona al negozio generalmente due o tre giorni dopo dicendomi, col fiato corto, che il fatto che io esista è l'essenza della sua vita. E sebbene sappia che sono menzogne, che quello che abbiamo tra le mani è solo una lurida, perversa storia di sesso, quando sento l'angoscia nella sua voce, in quell'istante mi convinco che forse è sincero, che forse ha davvero bisogno di me. Ha una logica perversa per di più supportata da una dialettica micidiale. Anche se volessi sparire, so che mi troverebbe. È diventato un incubo. Mi telefona al negozio, e al termine della conversazione non ricordo nemmeno più quello che il cliente mi ha chiesto. L'ultima volta che ci siamo visti, dopo l'ennesimo amplesso-litigio, ho pensato seriamente di ucciderlo. Forse ha anche percepito qualcosa, perché guardandomi mi ha detto: "Il tuo sguardo emana una luce strana", e io ho ribattuto teatralmente: "Ogni piccola luce evoca profonde oscurità, mio caro..." In quel momento, se avessi avuto una pistola, l'avrei lentamente, premeditatamente, freddamente ammazzato. Un colpo solo, perché due mi avrebbero svegliato dall'ipnosi, dall'incubo durato quattro anni, e allora sarei stata davvero un'assassina. Ma un colpo solo sarebbe stato sufficiente per rimanere nel mio mondo parallelo, nel mio brutto sogno, nel tunnel in cui mi sono infilata quella maledetta notte a Parigi. Un colpo solo, e quindi ucciderlo sarebbe rientrato nelle regole del gioco: non mi sarei sentita colpevole. Penelope, tu non parli mai. So che Freud ti vuole impassibile, ma qualche tempo fa mi hai stupito accennando ad un mio potenziale atteggiamento schizoide. Ebbene, io vado oltre: l'Erica che viene qui da te tre volte la settimana è la sorella sana. È l'Erica irrazionale quella che riceve le telefonate, non sa dire no, e va agli appuntamenti a scopare come un animale in calore. Allora vedi? Se l'avessi ucciso in quel momento, questa Erica, l'Erica sana, non sarebbe stata colpevole.

– Le sadiche fantasie omicide d'Erica erano diventate il soggetto assillante degli ultimi due mesi d'analisi. Le descrizioni dettagliate del possibile assassinio, questa confabulazione – se mi consente il termine tecnico – era come se le desse profondo godimento.

– Vorrei ucciderlo, assaporare il gusto dell'amore e della morte, osare l'inosabile, passare drammaticamente all'atto. Lo immagino supino mentre fuma la sua sigaretta dopo la consueta ora d'amore, con quel gusto perverso di succhiarne la punta. È davvero rivoltante. È laido. Mi vedo puntare con le due mani la pistola, le braccia allungate, l'occhio semichiuso per la mira. Vedo i suoi occhi che velocemente lasciano il soffitto e mi inquadrano attoniti. Ma è troppo tardi: il colpo parte, lo spasmo nelle mie braccia, il suo "no!" immediatamente seguito da un fiotto di sangue da un petto che non credevo contenesse un cuore... Sono diventata grafica nelle mie descrizioni, vero

Penelope? Perché ti faccio domande non so, tanto non rispondi.

– Poi un giorno Ottone si presentò al mio studio. Mi disse che sapeva che Erica era in cura da me. Aveva esitato molto prima di decidersi a contattarmi.

– Signora Primiero, lei ha di fronte un uomo disperato. Non so piú dove sbattere la testa. Per favore, mi aiuti!

Seduto di fronte a Penelope, Ottone stringeva sulle ginocchia il suo borsello, mentre con gli occhi lucidi guardava imbarazzato la psicoanalista. Le raccontò di come Erica non era piú se stessa, di come negli ultimi anni l'avesse vista lentamente scivolare in una depressione di cui non sapeva riconoscere il motivo, ma che aveva ormai portato il loro matrimonio alla deriva.

– Non le nego che sono sempre stato contrario all'analisi. Dico: se uno sta male va dal medico. Oppure si va a confessare. Cosí, dapprincipio mi ero opposto all'idea che mia moglie venisse qui da lei. Anche da un punto di vista finanziario, lei converrà con me, è un'uscita non indifferente. Poi, il fatto che mia moglie confidi i piú intimi segreti famigliari ad uno sconosciuto, non mi è mai andato giú. Ma soprattutto, Erica è una bella donna, intelligente, ha un lavoro sicuro, un marito che l'ama: perché diavolo è depressa, proprio non lo so. Cosa c'è che non va? Ho creduto che fossero i miei frequenti viaggi per lavoro. Ma mi ha assicurato che anzi, quando è da sola, si sente piú rilassata. Ripeto spesso ad Erica che anch'io ho i miei problemi, ma me ne sono sempre fatto una ragione. Penso di essere un uomo sensibile, molto sensibile. Ho anche sofferto, sa? Nessuno sa quel che può soffrire un ragazzino in collegio, per il solo fatto della separazione, dell'abbandono, dell'isolamento. Pensi, me lo ricordo ancora! Ma Erica, proprio non la capisco. L'ho sempre trattata come una principessa... In ogni modo, se sono qui è perché ormai

Erica ed io non parliamo piú. Nei miei confronti è diventata insofferente, distaccata, fredda. Non ha piú dolcezza nei miei riguardi, si irrita per delle sciocchezze, se la sfioro s'irrigidisce, ed io temo il peggio.

– Che cosa intende dire? – chiese Penelope.

– Signora Primiero, io devo sapere. Io tremo solo all'idea che il mio sospetto sia la terribile realtà. Se cosí fosse, io non so, non so di cosa sarei capace!

Ottone raccontò a Penelope di come la settimana precedente si fosse recato da un amico investigatore privato, ex carabiniere.

– Ma Ottone, va là! Cosa mi stai dicendo? Erica? Se è sempre al negozio! Tu non sei Ottone, sei Otello.

– Senti, non sto scherzando, ho i miei buoni motivi. La settimana prossima vado ad Amsterdam: quanto mi costa farla pedinare?

– Ascolta Ottone, io come tu sai amo il mio lavoro, ma detesto questo genere d'investigazioni: si dà tanto dolore eppoi io mi ritrovo cosí, a chiedere il mio compenso a una persona disperata davanti a me che, di fatto, mi ha chiesto di farle del male. Preferisco le indagini sull'assenteismo, credimi. Soprattutto non a un amico, non a te, Otello.

– Signora Penelope, Erica ha un altro uomo? Me lo dica, la prego. Ha un uomo disperato davanti a lei, mi risponda!

– Signor Terzilli, lei sa bene che esiste un codice deontologico.

– E va bene, se proprio non me lo vuole dire, son qua, umile, a chiederle consiglio per riavere la mia Erica. Guardi, sono anche disposto a venire da lei una volta a settimana.

– Mi spiace signor Terzilli, io non faccio terapia di coppia. Ma se vuole venire da me per analizzare il suo disagio, io l'ascolto, sono disponibile.

La giovane giornalista aveva già riempito il blocco per gli appunti. Non aveva ancora aperto bocca. Penelope si accese lentamente un'altra sigaretta. Poi riprese:

– Ottone accettò la mia proposta, e in un certo senso mi stupí. Ma poi ci ripensai, e compresi la sua mossa: nella sua logica elementare, Ottone sperava che, prima o poi, io mi sarei tradita, fornendogli se non la prova, qualche indizio a convalidare il suo sospetto. Davvero elementare... – Penelope sorrise con superiorità. – Venne da me quattro o cinque volte, ed era chiaro come tentasse in ogni modo di estorcermi informazioni. Sicuramente lo delusi molto, visto che l'ultima seduta durò solo dieci minuti, al termine dei quali sbottò dicendomi che quanto mi doveva finora corrispondeva già al compenso di un famoso detective. Se ne andò sbattendo la porta. Non seppi piú nulla di lui, fino a due settimane fa. Era il pomeriggio dell'8 Novembre. Avevo terminato la mia seduta con un paziente e come di consueto mi misi ad ascoltare i messaggi sulla mia segreteria telefonica. Uno di questi era di Ottone, ed aveva un tono davvero allarmante.

– Pronto, Signora Primiero? Sono Terzilli. Ottone Terzilli. La devo vedere, ora. È urgente. Ha capito? È urgente. Mi richiami sul cellulare. La prego, mi richiami.

– Venne nel mio studio un'ora dopo. Era irriconoscibile. Quel pomeriggio ad Arezzo diluviava, e Ottone entrò fradicio, pallido, tremante: mostrava un evidente, drammatico attacco d'ansia. Con la mano stringeva una busta, anch'essa fradicia. Me la porse trepidante...

– L'ho appena ricevuto. Lo legga, lo legga. Legga il rapporto del detective. Lo legga lei, cosí so che non è un brutto sogno. Io muoio, io m'ammazzo. L'ammazzo. Perché? Perché? A me, io che l'amo cosí tanto!

– Piangeva disperato. Gli diedi un ansiolitico e lo invitai

a sdraiarsi sul divano. Aprii la lettera: conteneva il rapporto di un altro investigatore cui Ottone si era rivolto, dopo i tentativi falliti con me e l'amico. Penelope s'interruppe, uno sguardo freddo e inquietante fissava il vuoto. La giornalista deglutí: si sentí improvvisamente a disagio.

– Mercoledí 6 Novembre 1996. Ore 19:35. Il soggetto lascia l'erboristeria "Raggio di Sole" in Piazza IV Novembre, 8. Ore 19:50. Il soggetto raggiunge a piedi l'edificio in Via Della Battaglia, 8 (in seguito confermato essere il domicilio di Ottone ed Erica – il soggetto – Terzilli). Il soggetto entra in casa. Si accendono le luci del primo piano. Ore 20:30. Una FIAT Uno di colore blu, targa AR928FA parcheggia nel cortile dell'abitazione (l'automobile risulta noleggiata presso AVIS, all'aeroporto di Roma Fiumicino). Un uomo dall'apparente età di 45 anni, 1 metro e 80 circa, capelli grigi, bussa alla porta della succitata abitazione (in seguito confermato essere Lallo Quarta, anni 47, residente a Parigi, Francia). Ore 20:32. L'uomo viene fatto entrare. Ore 20:40. Si spengono le luci del primo piano. Ore 20:41. Si accendono le luci del secondo piano. Giovedí 7 Novembre 1996. Ore 5:30. Il succitato uomo lascia, da solo, l'abitazione.

– Tremori, respiro affannoso, tachicardia: Ottone non riusciva a quietarsi. Rimase nel mio studio per un'ora e mezza. Poco prima di andarsene mi confidò che non sarebbe tornato a casa quella notte: del resto, Penelope pensava fosse ancora ad Amsterdam. Da allora non l'ho piú sentito. Come non ho piú sentito Erica, ovviamente. L'11 Novembre ho letto dell'omicidio sul giornale. – Penelope spense l'ultima sigaretta fumata solo a metà. Si alzò e disse brevemente:

– Ho dato queste informazioni anche alla polizia. E ora, se non le dispiace, dovrei proprio andare.

La giornalista rimase seduta al tavolino del bar. Richiuse diligentemente il quaderno degli appunti. Aveva ottenuto molto piú di quanto non avesse mai osato sperare. Il monologo di Penelope era stato cosí dettagliato e lei stessa era rimasta cosí avvinta dalla vicenda che, ne era sicura, ne sarebbe uscito un buon articolo. Ma chi aveva ucciso Lallo Quarta? Era stato il delirio di gelosia di Ottone, il suo sentirsi tradito e abbandonato da chi amava profondamente (come durante la sua infanzia!) a spingerlo verso l'estremo atto? O era stata la folle materializzazione delle esperienze omicide immaginarie di Erica?

Mai avrebbe immaginato che già il giorno successivo all'intervista il mistero sarebbe stato svelato. Il 19 Novembre, all'aeroporto di Roma, gli agenti di polizia arrestarono, infatti, la "vera" compagna di Lallo Quarta.

Nonostante le case separate, e quindi una vita di coppia sconosciuta ai piú, i due avevano condiviso gli ultimi venti anni della loro esistenza. La loro unione era certamente atipica, ma basata su una profonda comprensione e fiducia reciproca. Quindici anni prima, Lallo aveva vinto la cattedra di logopedia alla Sorbona di Parigi. Lei non se l'era sentita di seguirlo: a differenza del compagno, la sua professione non sarebbe stata possibile all'estero. Sapevano entrambi che questa scelta imponeva una difficile castità per buona parte dell'anno, ma, si erano detti, forse poteva essere la ricetta per tener viva l'iniziale passione che, altrimenti, si sarebbe inevitabilmente sbiadita durante la convivenza, come accade ai piú. Per quanto improbabile, e incredibile ad occhi estranei, lei non aveva mai neppure considerato la possibilità di un adulterio.

– Lallo? Impossibile, non è nel suo carattere. Non è uomo da sotterfugi. La menzogna è per chi non ha autostima. E Lallo è un uomo lucido e coerente. C'è un patto di solidarietà tra noi che va ben oltre l'amore e l'amicizia.

È anche per questo che abbiamo deciso di non sposarci. Figli non ne possiamo avere: il nostro amore e la nostra parola sono il nostro "certificato di matrimonio".

Fino a quando non venne a conoscenza della relazione tra il marito ed Erica Terzilli. Un'informazione non richiesta, non cercata, nemmeno mai concretamente ipotizzata. Quel pomeriggio, la notizia le era letteralmente piombata addosso. Come una mitragliata. Le era stata necessaria tutta la sua professionalità per non mostrare al mondo esterno l'improvvisa voragine nella sua anima che risucchiava uno, due, dieci, venti anni di vita con chi aveva sempre creduto di conoscere. Tornò a casa. Si sprofondò sulla poltrona, gli occhi lucidi fissi sul bicchiere che stringeva a due mani. Pensò al compagno della sua vita, ai tanti ricordi, alle rare telefonate, ai loro incontri mai pianificati, agli innumerevoli viaggi Arezzo-Parigi, all'improvviso scampanellio alla porta e a lui, a braccia tese, con le consuete valigie, alle notti di passione. A questo rituale durato venti, incredibili anni. E alle lunghe, interminabili attese: per una telefonata, per una lettera, per una visita inaspettata. Sorrise triste per un attimo, pensando a quanto il suo nome era fatalmente appropriato. Sentí improvvisamente paura del vuoto, un orrore mai provato prima. Pensò seriamente al suicidio.

Poi, chissà come, le venne in mente di un racconto letto molti anni prima. Improvvisamente, sentí un'irrefrenabile necessità di ritrovare quel libro, e questo scacciò ogni altro pensiero dalla sua mente. Lo trovò. L'aprí e scoprí un paragrafo da lei sottolineato. Diceva: "La vita d'una persona consiste in un insieme d'avvenimenti di cui l'ultimo potrebbe anche cambiare il senso di tutto l'insieme, non perché conti di piú dei precedenti ma perché una volta inclusi in una vita gli avvenimenti si dispongono in un ordine che non è cronologico ma risponde a un'architettura

interna". Le vennero in mente le grafiche descrizioni d'Erica. Per Penelope non c'era altra soluzione.
Non c'era altra soluzione.

Raffaele Aragona

La disparizión

Quell'anno, il 1996, s'erano dati appuntamento ad Anghiari i componenti di un gruppo letterario costituitosi qualche tempo prima. La località era stata scelta, non solo per la sua tranquillità e le attrattive turistiche, ma anche perché situata in una posizione centrale e facilmente raggiungibile da tutti i soci del sodalizio; uno di essi, ricordando una formuletta imparata al liceo, riferendosi alle abituali residenze degli amici-colleghi, ne aveva definito il baricentro calcolandone le coordinate

$$x_G = LONG \; est = (\sum_{1 \to n}^{i} long \; i) \, / \, n = 11° \, 57' \, 18''$$

$$y_G = LAT \; nord = (\sum_{1 \to n}^{i} lat \; i) \, / \, n = 43° \, 37' \, 08''$$

che corrispondevano quasi esattamente a quelle di Anghiari.

L'amenità del luogo e le belle giornate di quell'ottobre, ancora lontane dai sapori autunnali, avevano convinto alcuni ad arrivare all'appuntamento non da soli. A rompere la condizione di *single* era stato il piú giovane del gruppo che, alcune settimane prima, aveva timidamente chiesto al "vecchio" carismatico Presidente l'"autorizzazione" a portare con sé la propria amica; il consenso era stato immediato (da tempo si parlava di quell'avvenente ed esuberante ragazza e tutti non vedevano l'ora di conoscerla).

Erica non deluse le aspettative: scese dall'auto sgangherata del suo amico, in perfetta forma, nonostante il lungo viaggio, mostrando un paio di gambe bellissime e ancora intensamente abbronzate. Ma anche il resto era notevole. La gonna turchese, sopra il ginocchio, consentiva di estendere l'apprezzamento; la camicetta chiara, come la panna montata, poneva bene in risalto una carnagione che ricordava il sole d'estate e lasciava poco spazio all'immaginazione: il suo tessuto era tanto leggero da far intravedere il giovane seno in tutte le sue dolci rotondità, proprio come se fosse completamente nudo. Due spruzzi rossi sulle guance e i grandi occhi verdi rendevano il viso ancora piú luminoso, esaltandone il contrasto con i folti capelli neri che le ricadevano dietro, poco sotto le spalle.

Riscosse súbito il consenso di tutti, merito anche del suo bel viso aperto; di tutti, ma non di Penelope, altra "accompagnatrice", già nota al gruppo (anche questa volta aveva voluto seguire il marito). Erica sembrò non dare molta importanza allo sguardo burbero e inutilmente altero di quella donna sulla cinquantina che dava apertamente ad intendere un cattivo carattere: invidiosa del mondo intero, il suo profondo pessimismo le faceva scorgere il minimo particolare negativo in ogni occasione. Erica era un'altra creatura; allegra, si mostrava entusiasta di tutto ciò che intraprendeva e vi si dedicava sempre molto attivamente. Uniche donne a non far parte degli addetti ai lavori, erano naturalmente destinate a farsi compagnia in quel fine settimana.

Per fortuna non rimasero sole, giacché Ottone e Lallo si trovavano in una situazione analoga: marito il primo, compagno l'altro, di due convegniste. Persone semplici, pur non condividendo gli interessi delle loro donne, avevano voluto entrambi accompagnarle ad Anghiari; ne avevano letto su di una rivista e ne erano rimasti incuriositi.

Si conoscevano bene Lallo ed Ottone; anche vivendo in città diverse, avevano avuto numerose occasioni di incontrarsi e poi, d'estate, erano ormai parecchi anni che andavano insieme in vacanza, a Ponza: dopo aver scoperto quell'isola dal mare stupendo, non avevano voluto piú cambiare.

Ottone, nato in Liguria, si era trasferito appena ventenne in Piemonte, a Valenza Po, per via della sua attività di orafo "ereditata" da certi zii materni. Per lui il mare era un modo piacevole per allontanarsi dal lavoro; ma anche un'atmosfera, un dolce struggimento da ricordare per tutto il resto dell'anno speso lentamente in quell'uggioso paese.

Quei giorni d'estate amavano trascorrerli nella stessa maniera: di buon mattino uscivano da soli con un gozzo e raggiungevano una splendida insenatura nascosta dietro un promontorio; Lallo, appassionato di pesca subacquea, sperava ogni volta di catturare una grossa preda, magari una cernia o una ricciola. Quasi sempre, però, doveva ridimensionare le proprie aspettative e accontentarsi di molto meno: un polpo, un sarago neanche tanto grande o una triglia allampanata. Ma andava bene lo stesso; Lallo non si lamentava, avrebbe avuto egualmente qualcosa da raccontare, ad esempio, come gli fosse sfuggito per un soffio quel diavolo di un cefalo o quella bellissima orata. Solitamente loquace, quando raccontava di queste fallimentari imprese marine, Lallo si esaltava e diventava piú ciarliero del solito; era incredibile la quantità di particolari con cui arricchiva le sue avventure.

Da tempo Ottone aveva perso l'originaria confidenza con il mare; ora preferiva rimanere al sole ed assistere l'amico per ogni evenienza. Di tanto in tanto si tuffava in acqua, ma ben presto tornava a stendersi al sole senza dimenticare di spalmarsi addosso un abbondante strato di crema ad alta protezione (era di carnagione chiarissima) che lo faceva luccicare come un lottatore giapponese. Dopo qualche ora facevano ritorno in porto e lí attendevano le loro donne per andare alla ricerca di una nuova cala dove trascorrere il resto della giornata, fino al tramonto, quando rientravano, felicemente stanchi, ubriachi di sole e di mare. Restava solo il tempo per una doccia rigenerante, un breve riposo in terrazzo o nel giardino, una cena quasi sempre a base di pesce e una breve passeggiata; poi, si andava súbito a letto.

L'intero gruppo dei partecipanti al convegno era alloggiato al "Castello di Sorci", un albergo ai piedi della collina di Anghiari, un luogo pieno di fascino, ma dal nome non proprio rassicurante: era difficile allontanare l'idea di trovarsi tra i piedi qualcuna di quelle tremende bestioline grigie. Penelope, in particolare, temeva qualsiasi tipo di animale; piú piccoli erano e piú aumentava il disgusto; con i topi, poi, la sua paura si trasformava in vero terrore: sarebbe stata capace di non dormire per l'intera notte al solo pensiero di una loro insidiosa, minacciosa presenza. Non era il caso di avere eccessive preoccupazioni, ma quel nome metteva una certa inquietudine e si faceva fatica a rimanere indifferenti al suo sinistro richiamo. Figurarsi poi se, a sera, quando il silenzio diventa piú intenso e disarmante, fosse capitato di sentire un qualunque scricchiolio o qualche altro rumore sospetto... Brrrrrr!

– Meno male che c'è Lallo. Fortuna che è venuto anche Ottone –, sospiravano le rispettive compagne, contente di non essere sole.

Se Penelope aveva i nervi a pezzi, Erica, invece, non mostrava alcun disagio: al contrario sembrava elettrizzata all'idea di quella particolare esperienza: se ne stava incollata al suo compagno e non vedeva l'ora di salire le scale, chiudersi la porta di camera dietro le spalle ed andare a letto.

Quella sera Penelope accennò alla Madonna del Parto, l'affresco di Piero della Francesca restaurato qualche anno prima e custodito a Monterchi, un paesino nelle vicinanze. Erica, Ottone e Lallo si lasciarono sedurre dalle descrizioni dell'affascinante dipinto "frutto di uno straordinario accordo tra fissità cerimoniale e verità umana" (come si leggeva in un opuscolo) e aderirono con entusiasmo all'idea di andare ad ammirarlo. Penelope, soffrendo d'insonnia, avrebbe voluto fissare l'ora dell'appuntamento di prima mattina: era una pena per lei, ogni volta, trattenersi a letto accanto al marito che, invece, particolarmente nei giorni di vacanza, continuava a poltrire a lungo sotto le lenzuola. La maggioranza ebbe il sopravvento: i tre desideravano ammirare quel capolavoro, ma con calma, dopo aver ben riposato. Sarebbero rimasti a colazione fuori, rientrando nel pomeriggio, a lavori del convegno ultimati.

Il mattino seguente, i quattro si trovarono a colazione. Erano le dieci e trenta e Penelope, visibilmente indispettita, fremeva: come al solito, aveva dormito pochissimo e male e da tempo attendeva impaziente l'ora della partenza. Gli altri arrivarono quasi contemporaneamente: Erica dalla sua camera al primo piano, Lallo ed Ottone da una breve passeggiata lungo le mura del paese consumata discorrendo di donne, politica e barche a vela. Partirono dopo poco, raggiunsero Monterchi e quindi il piccolo edificio che custodiva l'affresco.

La visita fu da tutti graditissima. Ottone restò colpito dalla tecnica usata per quel restauro e minuziosamente documentata dalle immagini di un video, oltre che da una serie di illustrazioni e di scritti sistemati nelle piccole sale adiacenti a quella dov'era esposto il capolavoro; Penelope, rapita dall'espressione angelica della Madonna, si lasciò andare ad improvvisati commenti poetici: nascosti in quel volto, andava scoprendo un'infinità di significati e di sfumature.

Erica e Lallo, invece, dopo aver ammirato l'affresco ed essersi resi sommariamente conto della tecnica del restauro, uscirono fuori e presero a parlare di altro; si erano incontrati già una volta ed avevano súbito simpatizzato. Lallo era dello stesso paese del compagno di Erica e gli rassomigliava in molte cose (amavano il cinema, la buona tavola, il mare, il vino e le sigarette).

Dopo un breve giro per Monterchi, il gruppo proseguí l'escursione seguendo le indicazioni di una guida turistica che segnalava da quelle parti un'ottima trattoria. "La locanda della Rosa rossa", oltre poche, ma ospitali camere, prometteva un ricco assortimento di specialità toscane.

Appena arrivato, il quartetto fu accolto dalla padrona molto simpaticamente e con intensi sguardi di complicità: la donna decantava i propri manicaretti, la tranquillità del luogo (voleva intendere delle sue camere) e continuava a gettare occhiate allusive specialmente nella direzione di Erica, ch'era la piú giovane e la piú graziosa. Le due coppie sedute a tavoli poco discosti ebbero forse un po' noia dall'arrivo di quel gruppo che si annunciava piuttosto rumoroso.

Penelope, mal sopportando le allusioni dell'ostessa, si trovò piú volte sul punto di obiettare per dichiarare l'effettiva loro condizione di semplici amici, per dire che erano lí soltanto per apprezzare e godere le specialità indicate dalla guida. Erica, invece, prese a favorire l'equivoco divertendosi a compiacere la buona donna ed a far irritare la permalosa Penelope che, se non fosse stato per l'appetito, avrebbe costretto tutti ad abbandonare quel tavolo e quella "bettola" (come aveva preso a chiamare quel luogo di perdizione...). Ottone e Lallo, invece, ignorando ogni cosa, erano rimasti intenti a studiare attentamente la carta. Cominciarono con l'ordinare del vino, un buon rosso, naturalmente: un Tignanello del '94, assicurò Lallo, sarebbe andato benissimo.

Raccolte le ordinazioni, l'ostessa si allontanò dal tavolo e allora la burrasca parve ritornare. Ma fu solo un accenno, poiché, non appena Penelope ricominciò con le sue proteste, Ottone catturò l'attenzione di tutti incominciando ad illustrare nei dettagli il procedimento di restauro della Madonna sul quale, da osservatore qual era, si era attentamente soffermato. La psicoanalista, questa era la professione di Penelope, capí finalmente che non sarebbe stato il caso di andar oltre: nessuno l'avrebbe seguita nelle sue vivaci e ridicole proteste.

Incominciarono poi a parlare di sé, del proprio lavoro e dei propri svaghi.

Ottone amava trascorrere il tempo libero giocando a scacchi al circolo del paese e per corrispondenza.

Lallo, toscano di nascita, conseguita la maturità al liceo classico di Siena, avrebbe voluto studiare informatica, ma per accontentare il padre, medico condotto a Monte S. Savino (il proprio paese), incominciò a frequentare i corsi di Medicina, a Pisa. Conobbe una ragazza, straniera che frequentava la stessa facoltà, ma piú avanti di qualche anno. Se ne innamorò; pensava di sposarla e la necessità di guadagnare rapidamente lo indusse a prendere un diploma di logopedista che lasciava sperare in una sistemazione immediata: alla laurea avrebbe pensato dopo. Non ci pensò piú, cosí come non pensò piú alla ragazza: si accasò con un'altra e continuò a fare il logopedista.

Penelope, intenta al mattino alle faccende di casa, costretta per l'intero pomeriggio ad ascoltare i propri pazienti, alla sera desiderava rifarsi, voleva esser lei a parlare e perciò era molto contenta del suo secondo lavoro presso una radio privata: gli ascoltatori le esponevano i propri problemi sperando in una soluzione. In trasmissione Penelope faceva mille domande e chiedeva sempre maggiori particolari, cercando di indagare piú a fondo (quasi a giustificare queste sue insistenze, soleva continuamente ripetere: "Ogni piccola luce evoca profonde oscurità") e sempre riusciva a trarre le "sue" conclusioni.

Erica dedicava molto del suo tempo all'enigmistica, scrivendo e risolvendo enigmi e sciarade. Teneva molto, però, a precisare che quei giochi non avevano niente a che fare con i cruciverba; l'enigmistica, quella vera, gliel'aveva fatta conoscere il titolare della farmacia, nella quale, già da qualche anno, dirigeva il reparto d'erboristeria.

Il discorso, poi, scivolò sull'attività letteraria dei propri compagni, attività che vivevano inevitabilmente di riflesso. Fu proprio Penelope, poi, stranamente presa da entusiasmo e non piú preoccupata dei sorrisi e degli ammiccamenti dell'ostessa, a suggerire un gioco: di lí in avanti ciascuno avrebbe parlato secondo uno specifico codice, parodiando le stranezze scrittorie dei loro compagni.

– A me sta bene! Userò parole valanga –, assentí Lallo, facendo súbito la sua parte e rivelando di voler prendere a prestito il gioco della *boule de neige* (una sequenza di parole aventi il numero delle lettere sempre crescente); ne aveva letto qualche esempio e l'idea gli era piaciuta.

Ottone aveva da poco finito di leggere un romanzo nel quale si narrava di uno strano continente, dove, in ciascuna nazione, gli indigeni si esprimevano in una maniera particolare; cosí, riprendendo i modi degli abitanti di uno di quei paesi, prese a dire: – Maiuscola sí virgola mi va proprio benissimo punto e virgola facciamo vedere ai nostri amici che anche noi sappiamo giocare come loro punto maiuscola ci divertiremo punto esclamativo.

– Parlerò esporrò dialogherò utilizzando usando pronunciando parole vocaboli termini sinonimi equivalenti omosignificanti perché affinché acciocché possiate siate in grado riusciate ad intendermi comprendermi capirmi in modo guisa maniera completa totale esaustiva – soggiunse Penelope, certa di aver avuto una simpatica idea e contenta del fatto che, cosí facendo, avrebbe parlato certamente piú di tutti.

Erica, annunciando che si sarebbe espressa per enigmi, esclamò: – Bella guagliona! – Si voltarono tutti verso l'ingresso, ma non c'era nessuno. Erica aveva voluto dire "Un tocco di campana", riferendosi all'ora che suonava: era già l'una, ma ancora non arrivava nulla in tavola.

– E sí, ora siam stufi! Volete? Gradite? – domandò Lallo, mostrando un pacchetto di Camel.

– Autentiche bellezze! – fece Erica. Questa volta gli altri furono attenti a non equivocare ed attesero la spiegazione: la bella enigmista aveva voluto rispondere: "Grazie, non fumo!"

– Maiuscola no virgola grazie due punti ho smesso da tanti anni virgola ora fumo soltanto la pipa parentesi aperta qualche volta parentesi chiusa – fu la risposta di Ottone; e Penelope: – Per carità per amor di Dio di grazia, in nessun tempo giammai neanche una volta ho ceduto mi son permessa mi son consentita una sigaretta una cartina di tabacco una Malboro. Qualche volta in qualche occasione talora avrei anche sí pure avuto ottenuto conseguito piacere voluttà gusto a fumare aspirare far bruciare un sigaro un toscano un avana, ma invece però pensai giudicai ritenni che potesse sembrare parere apparire un simbolo un'immagine un segno fallico priapeo del...

– Pelo e contropelo – osservò Erica, cioè "Sono le due passate": avvertiva che il tempo, i minuti passavano senza che arrivassero i secondi; ma per fortuna erano pronti e stavano per essere serviti.

La cucina era davvero ottima. Ne furono tutti soddisfatti e se ne complimentarono con la... *maîtresse* (ormai la chiamavano cosí): anche Penelope, cui la tagliata con i funghi aveva fatto dimenticare ogni cosa. Era giunto il momento del dessert.

– Il colpo di fulmine – pronunciò forte Erica: voleva dire "frutta cotta". – Vorrei desidererei ambirei una fetta una porzione uno spicchio di torta di dolce... al limone... – soggiunse Penelope senza però riuscire a completare le ultime terne.

E Lallo: – A me una cosa molto fresca: anguria.

– Maiuscolo per me cantucci punto maiuscola con vin santo virgola naturalmente punto – concluse brevemente Ottone e, poiché l'ostessa non poteva assolutamente comprendere cosa stessero farfugliando, tagliò corto, tradusse le ordinazioni in modo comprensibile, chiuse il gioco e chiese il conto. Si era fatto tardi.

Al rientro in albergo i quattro trovarono gran confusione ed una notizia angosciosa: il giovane amico di Erica era scomparso, non se ne avevano notizie dal mattino. Non aveva partecipato alla riunione (era fissata per le undici e trenta); né il portiere né i camerieri l'avevano piú visto, dopo che, intorno alle otto e trenta, aveva fatto la prima colazione in giardino mentre Erica ancora dormiva.

Non vedendolo neppure a colazione, si erano tutti preoccupati: erano andati sú, alla numero tre, ma non avevano trovato nulla di interessante o utile. A quell'ora la camera, naturalmente, era già stata messa in ordine. Sulla mensola del bagno la confezione di sapone da barba spray era ancora intatta; la cameriera ricordava con certezza di non aver svuotato affatto il cestino dei rifiuti: dunque, era andato via senza neanche radersi (in fretta?, improvvisamente?). I cassetti del guardaroba contenevano ancora la sua biancheria; un abito era sospeso ad una gruccia, ad un'altra c'era un *burberry* marrone. Sul comodino un racconto di Borges. Sullo scrittoio, insieme con una vecchia edizione della Guida "Michelin" ed una scatola aperta di sigari "Churchill", c'era soltanto un foglietto giallo, un *post-it* con delle strane scritte:

C C

(due C, forse; ma la loro forma era piuttosto tondeggiante);

e poi, piú in basso:

SFUMATO
FUMARE E BERE

Lí accanto, sul primo foglio del piccolo *notes* dell'albergo, c'era ancora scritto qualcosa:

PARTITI SATELLITI
STUPIDISSIMI?
PESCATORI DISTRATTI

Nient'altro. Chissà, soltanto degli appunti di lavoro (un po' strani, a dire il vero) o di altro (il libro di Borges?); la grafia, in ogni caso, era certamente sua.

La finestra era aperta, ma la cameriera ricordava bene di averla lasciata chiusa dopo aver messo ordine in camera, tra le dieci e le dieci e mezzo: l'amico di Erica era quindi ritornato in camera dopo quell'ora. E poi? Era andato via in automobile (la sua vecchia Volkswagen, un "maggiolone" verde decappotabile, non era piú al suo posto), ma dove? E perché cosí all'improvviso?

La scomparsa del giovane era del tutto inspiegabile quanto la sua assenza alla riunione della mattina: egli stesso aveva voluto a tutti i costi quella discussione, aveva molto polemizzato su quale dovesse essere la formulazione migliore dell'argomento che aveva voluto fosse posto all'ordine del giorno.

C'era ancora un altro serio motivo perché i colleghi fossero gravemente preoccupati di quanto stava accadendo (o di quanto potesse essere accaduto): negli ultimi tempi avevano sorpreso piú volte il giovane soprappensiero (forse con qualche problema economico, aveva ipotizzato qualcuno); si era lasciato notevolmente trascinare dalla foga della discussione quando, mesi prima, in una loro riunione a

Montalbino, si era incominciato a parlare di usura e di usurai. Non ci sarebbe voluto molto a far nascere il sospetto che, con la sua attività di imprenditore, fosse caduto nelle grinfie di qualche personaggio poco raccomandabile, ma, ricordando il suo viso felice e sorridente della sera precedente, all'arrivo con Erica, ogni idea di un atto sconsiderato tendeva a scomparire; era pur vero, d'altra parte, che Erica, quella splendida ragazza, sarebbe stata capace di far dimenticare ogni cruccio, qualsiasi preoccupazione.

Si cominciò a discutere su cosa fare. Bisognava súbito rivolgersi ai Carabinieri, stesso lí ad Anghiari; o sarebbe stato meglio chiamare la Polizia, ad Arezzo? Forse dalla Questura avrebbero impiegato meno tempo a far scattare le indagini.

Erica rimase seduta al tavolo del bar davanti al tè al limone che le avevano fatto portare, ma non era capace di berlo; non riusciva assolutamente ad immaginare cosa potesse essere successo. Nulla del comportamento del suo giovane amico avrebbe potuto lasciare sospettare qualcosa; anzi, il pensiero delle ultime ore trascorse insieme era cosí vivo da non farle venire in mente null'altro di lui che non fosse rassicurante e non suggerisse gioia. Ricordava bene la sera precedente, sentiva ancora vicina la sua voce suadente, una voce calda che non smetteva di sussurrarle tènere cose (a tratti anche un po' sconce...); poi avevano fatto l'amore.

Erica non sapeva proprio cosa pensare. Continuava a dire che il suo amico le aveva parlato, per l'ultima volta, intorno alle nove e trenta; l'aveva salutata mentre lei era ancora sotto la doccia dicendo che andava a comprare i giornali e le augurava una buona passeggiata. Súbito dopo, anzi, era ritornato per salutarla di nuovo: l'aveva abbracciata e baciata a lungo (lei indossava ancora l'accappatoio), avrebbe voluto fare di piú, ma fu interrotto dal trillo del telefono: era Penelope che chiamava per assicurarsi che Erica fosse sveglia.

Dopo aver raccontato ciò (forse non proprio tutto...), la ragazza rimase per un po' di tempo in silenzio non sapendo piú cosa dire. Poi, d'improvviso, si ricordò di un suo amico enigmista, vice questore ad Arezzo: sarebbe stato senz'altro meglio chiamare lui, sperando che non fosse fuori per il fine settimana. Trasse dalla borsa un'agendina, cercò il nome e lesse il numero: – 0575-696987 è il numero di casa; 0575 è il prefisso, ma da qui non ci vorrà, vero? – Formò il numero, rispose la moglie del vice questore; il marito non era in casa, c'era stato un attentato quella mattina, – Una cosa grave, Erica; ma come, non hai visto il Telegiornale? – Era stato chiamato in Centrale e non era ancora rientrato. Per trovarlo avrebbe potuto telefonare in Questura. Erica ci provò, ma il vice questore era impegnato: avrebbe dovuto richiamare piú tardi. Nella mente di Erica incominciarono a balenare brutte idee: il suo compagno aveva un passato di estremista, aveva fatto parte di certe organizzazioni sovversive. Trascorse ancora del tempo seduta a quel tavolo, in mezzo al trambusto venutosi a creare in albergo; erano tante le ipotesi, e le considerazioni che ciascuno, infervorato nella propria parte di detective, non sapeva trattenersi dal fare. Subí un interrogatorio snervante da parte di Penelope, che non smetteva di fare mille domande: sull'umore abituale dello scomparso, se negli ultimi giorni avesse accennato a qualche sconsideratezza, se avesse tenuto, anche soltanto per poco, un comportamento insolito, se avesse avuto di recente qualche *defaillance* (sí, accennava proprio a quello...) e quella notte, per esempio, come era andata? Penelope le domandava come l'avesse conosciuto, cosa sapesse dell'infanzia di lui, e altre cose del genere. Erica ascoltava, ma senza mai rispondere; avrebbe voluto scaricarle il tavolo addosso, ma si trattenne.

Ottone, che fino a quel punto aveva mostrato il suo solito ottimismo, provò a richiamare il vice questore, che questa volta rispose, ma, a sentire il nome del giovane, cominciò a collegare la scomparsa con quanto era successo nelle ultime ore: l'irruzione dei due terroristi negli uffici della Procura, l'uccisione di un magistrato, il ferimento di altri due, lo scontro a fuoco con la pattuglia in servizio all'uscita del Tribunale, la fuga dei due killer: uno arrestato dopo un inseguimento per le stradine del centro, l'altro svanito nel nulla, ma certamente ferito gravemente.

Intanto Erica si era alzata di scatto e salita in camera; aveva dimenticato di prendere la chiave alla *réception*, ma la porta era aperta. Erica varcò la soglia e si diresse verso il bagno incrociando la propria immagine riflessa nel grande specchio a fianco dello scrittoio. Nonostante pensasse di aver mantenuto sufficientemente la calma, scorse un viso notevolmente provato: avvertí una lagrima scorrerle su una gota. Posò gli occhi sullo scrittoio, scorse il *post-it*, lesse meccanicamente quanto vi era stato scarabocchiato, notò pure le altre scritte sul foglio del *notes*. Restò immobile. Cominciò a capire e dopo un po' scoppiò in una risata di gioia: quella sera non avrebbe dormito sola.

In disaccordo con il Presidente, lo "scomparso" non aveva voluto essere presente alla discussione: desiderava che la questione fosse risolta senza il proprio intervento. Aveva anche scritto un biglietto motivando l'assenza, ma aveva dimenticato di lasciarlo in portineria.

Giorni prima era stato il compleanno di sua madre, ma se n'era dimenticato; neppure una telefonata! Decise allora di andare a farle visita (Monte S. Savino non distava moltissimo, neanche un'ora d'auto).

Di Erica non si era dimenticato e, volendo rassicurarla, lo aveva fatto in una maniera del tutto particolare (lei avrebbe capito immediatamente): semicerchi, non Ci sono (volevano dire le due C), cioè "se mi cerchi, non ci sono" e quindi, riga per riga: *"(sono) andato a Monte (S. Savino); (a trovare) i miei diletti congiunti; torno alle sette; troppo tardi?, Perdonami! (perdon ami)"*.

Brunella Eruli

Alloro per loro

Con una vaga apprensione, salí la rampa delle scale e suonò il campanello. Era tutto trafelato. Qualcuno venne ad aprirgli e lo fece accomodare in un salottino.

– Aspetti qualche minuto, per favore – disse e sparí.

Lallo pensò che forse avrebbe fatto meglio ad andare alla polizia. Non gli restava altra soluzione. L'idea di dover spiegare l'accaduto, di parlare sotto lo sguardo di un qualche appuntato affetto da alitosi postprandiale, gli fece di colpo sentire una gran stanchezza e lo convinse che là dove si trovava seduto non stava bene, ma neanche veramente male e, in ogni modo, visto il guazzabuglio in cui era immerso, doveva cominciare a chiarire le cose proprio imboccando questa strada.

E se si fosse trattato solo di allucinazioni, di fantasie provocate da una droga, oppure da fissazioni legate alla cristallizzazione di un complesso semplice, o da un complesso piú complesso come quello di Edipo, da una sindrome qualunque, di Cappuccetto Rosso, di Stoccolma? E se fosse stato un errore, una falsa impressione, solo un lungo angosciosissimo sogno? Quest'idea lo rassicurava anche se egli stesso stentava a crederci.

Lallo si sentiva in preda ad una specie di mal di mare: le pareti ondeggiavano, la luce ogni tanto spariva, lasciandolo coperto di sudori freddi e avvolto da miriadi di punti luminosi, una pianta di alloro che deperiva tranquilla in un vaso gli parve orientarsi minacciosa verso di lui. Era abbastanza lucido per capire che l'unica cosa sicura era che stava "inguaiato" eppure voleva capire cosa diavolo era successo e perché mai proprio a lui, sí proprio a lui, Ludovico detto Lallo, logopedista coscienzioso se non onorato, ligio ai propri pazienti, al dovere, giovanotto attempato dalle speranze appannate ma non del tutto perdute.

Assorto in queste considerazioni, non aveva sentito aprirsi la porta né visto affacciarsi il dr. Penelope: lo stava guardando con aria interrogativa spacciata per volutamente neutra. Alzandosi, Lallo gli rivolse uno sguardo da annegato che mette la testa fuori dalle onde. L'altro gli fece cenno di entrare:

– Prego, s'accomodi – disse con voce modulata e soave.

Si sistemarono, stabilendo le loro rispettive posizioni ed i loro ruoli. Che Lallo fosse il paziente si capiva soprattutto dall'aria stranita con cui si guardava attorno. Con un'occhiata in tralice si accorse della presenza di un lettino, sul quale era posata una coperta di velluto rosso granato a disegni orientali che gli parve di avere già visto nella casa-museo di Freud a Vienna. Il particolare delle statuette allineate sul tavolo, lo rassicurò piú dei diplomi appesi al muro. Notò, ancora, in un angolo, una pianta di alloro, dallo strano colore dorato, vegetante in armonia con il tono caldo dei pesanti tendaggi. L'insieme gli trasmise un'impressione di solidità, di competenza e di eleganza. Tirò un lungo respiro e si accomodò sulla poltroncina.

– Allora, mi dica – disse il medico guardandolo di sotto in su ed allungando le mani sulla scrivania quasi per avvicinarsi il paziente e osservarselo con calma.

Anche Lallo lo osservò meglio e rimase colpito dalla forza di quelle mani che, pensò, erano piú adatte a sistemare dei motori (in avaria) che delle anime (in pena). O forse fra le due non c'erano grandi differenze.

– Dire, dire, si fa presto a dire "dica". Vede, dottore, il mio problema è proprio questo. Ho qualcosa qui (e fece cenno al pomo di Adamo che andava sú e giú furiosamente) che mi blocca tutte le volte che cerco di dire una certa cosa e non riesco a capire perché questo fatto si produca. Escludo un problema organico, ho anche fatto delle analisi e delle radiografie, io stesso lavoro in questo campo e capisco che sotto c'è una causa psicogena. Ma quale? Da mesi, quando voglio raccontare un certo episodio della mia vita, sono preso da un senso di soffocamento, di vertigine e tutto quello che riesco a dire in modo distinto è...

Iniziarono contorsioni dei muscoli facciali, con preparativi labiali andati regolarmente a vuoto, conati respiratori, strabuzzamenti di occhi. Alla fine, paonazzo, madido di sudore, Lallo ce la fece e disse, tutto d'un fiato, come se stesse spegnendo settanta candeline colorate: "ogni piccola luce evoca profonde oscurità".

La frase venne detta con una voce inarticolata, proveniente da una regione bassa dell'addome ricordando il canto del recitante nel Noh giapponese.

– Non è questa la frase che lei vorrebbe dire – commentò, con tono volutamente neutro, il dottor Penelope, mentre cominciava già a lisciarsi il lobo dell'orecchio, ripescato sotto la capigliatura bruna e fluente. Il caso lo interessava. Molto. Era di quelli su cui applicarsi avidamente.

– Peggio, peggio, dottore – ansimò Lallo – mi creda, mi trovo a dire questa frase senza sapere perché, al punto tale da scordare quello che vorrei veramente dire. Questo mi distrugge, mi lascia intontito, abbattuto, privo di forza, senza fiato.

Il pallore era ancora intenso.

– Sí, capisco – disse il dottor Penelope lasciando l'aria volutamente neutra per prendere quella rassicurante e, giacché c'era, prendendo anche le pulsazioni di Lallo che lo guardava riconoscente. Il polso era ancora molto celere, ma sarebbe tornato normale. Gli restituí il polso e riprese l'aria volutamente neutra. Si risistemò, riprese il quaderno dove notava ogni movimento del paziente (era molto pignolo e questo lo aiutava anche a fissare la propria attenzione). Attese. Attese che Lallo parlasse. E quando ormai non aveva piú niente da scrivere sul quaderno, finalmente Lallo si decise ad aprire bocca:

– Che è successo – disse con un filo di voce ed anche con un certo spavento perché quel personaggio dalla capigliatura fluente gli ricordava qualcosa, qualcuno che aveva già visto ma era troppo agitato per capire chi, dove e quando. Anche quella voce, era certo di averla già sentita.

Ritornato in sé, quasi fosse un'altra persona, Lallo cominciò a parlare della sua situazione. Si capiva benissimo che la storia era stata rimuginata piú volte tanto che il racconto filava via senza intoppi.

– Dottore – disse – le mie difficoltà sono cominciate quando sono entrato nel negozio di una erborista: "Da Erica", si chiamava. Non credo fosse il vero nome della donna che incontrai nel negozio; credo si facesse chiamare cosí per rendersi piú adeguata al suo mestiere. Mi ero fermato di fronte alla vetrina del negozio, colpito da piccoli oggetti molto originali e di grande effetto: foglie, sassi, frutti, castagne, noci, arachidi, rametti di albero delicatamente dorati. Eravamo sotto Natale e quelle cosette mi sembrarono dei regalini simpatici, originali, economici: l'ideale per fare una discreta figura con gli amici in occasione delle feste.

Entrai. Sciaguratamente. Di lí cominciarono tutti i miei guai. Mi venne incontro Erica, vestita di nero, attorno al collo una collana di foglie d'alloro dorate come gli oggetti della vetrina. Le chiesi se sarebbe stata disposta a dorare dei piccoli elementi vegetali che avrei raccolto io stesso; volevo individualizzare il dono con una allusione ad una passione o a una mania dell'amico cui era destinato: composizioni per la tavola all'amica sempre a dieta, un fermacarte al giramondo, un giunco a quella ossessionata dalla ginnastica, un sasso al conversatore un po' noioso. Ero piuttosto soddisfatto dell'idea che esponevo ad Erica, la quale mi guardava con aria sempre piú intensa dietro quella falsamente neutra. Erica mi ascoltava, mi sorrideva incoraggiante, mi rassicurava con uno sguardo ironico che le faceva allungare ancora di piú gli occhi perfettamente ovali.

Cominciai a guardarla meglio. Notai i capelli: scuri, lisci, morbidi, sciolti sulle spalle.

– La cosa migliore – mi disse, sempre sorridendomi, con un sorriso che sapeva di esotico – è che le dia il nome e l'indirizzo della persona che ha inventato questo procedimento. Si tratta di un procedimento galvanoplastico molto sofisticato nel quale sono applicate delle tecnologie usate in microchirurgia oculare, nella creazione di alcuni tipi di profumi e nei tessuti delle mute per astronauti.

Stupefatto, presi il biglietto da visita che mi tendeva, gli detti un'occhiata:

O T T O N E
Orafo
Si acquista oro. Valutazione preziosi.
Lavori su ordinazione
Via Piero della Francesca, 131, Anghiari
tel/fax 0574-23.319

Cominciai il giorno stesso a raccogliere rami, bacche, foglie, sassi per mettere in opera il progetto che mi sembrava di facile realizzazione. Mi immaginavo già l'effetto di alcuni di questi elementi dorati, argentati, usati come spilla, come orecchino.

Qualche giorno dopo tornai nel negozio. Erica era su una scala e disponeva delle scatole sugli scaffali piú alti. La salutai con un disinvolto:

– Salve, com'è lassú?

Si voltò e vidi che non era Erica, benché i capelli, l'acconciatura, gli occhi, il sorriso fossero identici. Pensai che Erica avesse un gemello o una gemella perché a quella distanza non ero sicuro di individuare il sesso della persona appollaiata sulla scala. Quando scese vidi un pizzo e dei baffetti che stonavano con i capelli classicamente pettinati. Mi ricordava qualcosa, forse un quadro. Lasciai correre. Spiegai al giovanotto quanto avevo definito con Erica. Lui annuí con l'aria di chi è perfettamente al corrente. Entrai nei dettagli, stavo aprendo la borsa dove avevo sistemato i miei tesori. Lui mi fermò dicendo:

– Permetta che mi presenti: sono la persona di cui Erica le ha dato l'indirizzo. Mi ha chiesto di passare oggi, si vede che se lo sentiva che lei sarebbe venuto. Mi chiami pure Ottone, ovviamente non è il mio vero nome, ma facendo l'orafo ho trovato appropriato questo nome d'arte. Ho anche qualcosa da proporle, concluse asciutto.

Lo guardai meravigliato e quasi riconoscente per quanto mostrava di prendersi a cuore le mie richieste. Lallo si interruppe. Il dottor Penelope interruppe pure lui di prendere appunti e alzò la testa con aria interrogativa e quasi sospettosa nascosta dietro l'aria accuratamente neutra.

Lallo sospirò aggiustandosi i capelli, tirò il fiato e riprese:

In quel momento avvertii qualcosa di strano, quasi una minaccia, forse. Non credetti che fosse un semplice invito e avevo ragione, i fatti seguenti lo avrebbero dimostrato. Io che di solito sono cosí lesto nel cogliere al volo le occasioni di nuovi incontri, stavolta nicchiavo, prendevo tempo. Mentre mi parlava, Ottone guardava fissamente un punto che si trovava dietro la mia testa. Seguii la direzione del suo sguardo e vidi, appeso al muro, un piccolo cartello dove, a belle lettere, era ricamata una frase a punto in croce:

OGNI PICCOLA LUCE EVOCA PROFONDE OSCURITÀ

Lallo disse la frase a occhi chiusi tutta d'un fiato; sollevato per non avere trovato ostacoli e non aver provato il ben noto senso di soffocamento, si passò la mano sulla fronte e riprese:

– A bassa voce, quasi si trattasse di una cospirazione, Ottone mi disse che aveva messo a punto un procedimento galvanoplastico speciale nel quale voleva coinvolgermi. Per l'esattezza disse "immergermi", ma non ci feci caso, sul momento.

– Abbiamo gli stessi scopi – mi disse in un sussurro, lasciandomi esterrefatto. I miei scopi, in quella vicenda non mi parevano degni di tanta enfasi. Ma non ci feci caso, sul momento.

– Venga da me, nel mio laboratorio, le mostrerò qualcosa di veramente interessante.

Io gli risposi che lo ringraziavo molto, ma che avevo in mente qualcosa di semplice, che non volevo disturbarlo per delle sciocchezze; il mio *budget* era limitato: volevo offrire ricordini graziosi e originali, non regali impegnativi...

Un impercettibile battito di ciglia fece allungare ancora di piú gli occhi di Ottone come quando i miopi cercano di mettere a fuoco cose lontane.

Non osai fiatare. Mi porse il biglietto con l'indirizzo per l'appuntamento. Gli dissi che l'avevo già. Me ne porse uno stampato su una carta metallizzata d'oro dove una foglia di alloro vera, ma dorata, era intarsiata vicino al nome dell'artista. Un lavoro pregevole:

O T T O N E
Orafo
Via Piero della Francesca, 131
Anghiari

– Certo che è lontano, dissi debolmente. Ci sono cin-

quecento chilometri. In questo momento sono molto oc-
cupato. Non so, mi spiace...

Ottone serrò le labbra con un moto di dispetto. Un
tremore del labbro mi fece sospettare che avrebbe potuto
avere una reazione inattesa, esagerata.

– Si rende conto di star dicendo che non vuole vedere
la cosa piú eccezionale, straordinaria mai realizzata nella
storia dell'uomo?

Mi parve un po' esagerato ed agitato. Per non agitarlo
ancora di piú gli dissi precipitosamente che va bene, avrei
cercato di andare, non appena possibile. Mi sentivo la testa
pesante, la lingua impastata, balbettavo: ero come ipnotiz-
zato. Gli occhi di Ottone non erano affatto occhi da miope,
ma da mesmerizzatore. Qualcosa in me, ancora, faceva
resistenza e mi tratteneva fuori da questa avventura. Però
Ottone mi ricordava qualcuno. Non solo Erica, voglio dire.
Non sapevo chi. Ed ero curioso di scoprirlo. Questa curiosità era assolutamente insolita per me.

Mentre pensavo agli appuntamenti da spostare, ai pazienti da avvertire, con tono perentorio, Ottone mi disse:

– Fra tre giorni ci sarà il plenilunio, alle undici in punto
suoni tre volte, faccia trentatré passi, un quarto di giro a
destra ed attenda.

Pensai di avere a che fare con un matto, una persona
in preda ad un'ossessione o con qualcuno che aveva letto
troppi libri di avventure.

– Ci sarò – risposi, sorpreso lí per lí dalle parole che
avevo appena pronunciato e che non avevo affatto avuto
l'intenzione di dire.

Ottone non mi degnò di uno sguardo e mi volse le
spalle, quasi indignato.

Pensai a lungo se imbarcarmi in questa avventura, di
cui mi sfuggiva il senso. Per l'esattezza tre giorni. Poi,
spinto da non so quale impulso, spostai gli appuntamenti,
acquistai il biglietto e partii. Il viaggio era lungo e fu

complicatissimo: persi tutte le coincidenze, quasi che anche le ferrovie stessero complottando contro di me e volessero ritardare il piú possibile quell'incontro imprudente. Mi accorsi di non pensare piú alle mie foglie da dorare, ma a quanto mi aveva promesso Ottone, pensavo anche allo strano sodalizio fra Erica e Ottone, perché fra i due c'era qualcosa, ne ero sicuro.

Al di là della somiglianza fisica trovavo delle straordinarie analogie fra loro: la sorridente estroversione di Erica e l'ordinato muoversi di Ottone mi sembravano legati da una identità profonda anche se non definita. Forse i due erano uniti da una lunga storia, da una lunga convivenza e questo poteva spiegare la loro omogeneità fisica e psicologica, come si riscontra a volte, nel bene e nel male, fra le vecchie coppie o fra il cane e il padrone.

Passai il pomeriggio ad Anghiari, cenai in un piccolo ristorante del centro, mediocremente: la cucina aretina era priva di grazia, di sprazzi palatali. Sospirai "ancora uno andato a puttana" come avrebbe detto, in analoghe circostanze, il mio amico francese Raymond che, sia pure con altro stile, svolgeva il mio stesso lavoro. Continuavo a pensare al legame che univa Ottone ed Erica. C'era, ne ero certo. Solo professionale? Erano parenti, amici? Di sicuro si trattava di un legame profondo, ma di che tipo? E perché mi avevano inserito nel loro gioco: ero una preda, uno spettatore, un attore? Cosa?

Alle undici in punto mi presentai. Scesi i trentatré scalini, vidi una forma nella quale riconobbi Erica, i suoi inconfondibili capelli. Si volse verso di me: era Ottone, mi sorrideva, anzi, a dire il vero, sorrideva a qualcosa dietro la mia testa. Mi girai. Rimasi abbagliato da una luce. Forse, lo capisco adesso, si trattava di una luce riflessa attraverso un gioco di specchi. Sotto i miei occhi si stava materializzando una forma, era Erica eruttante luce? Era Ottone attante? Pensai che non era il momento di perdermi nei giochi di parole, ma dovevo pur attaccarmi a qualcosa per vincere la paura in quel buio reso ancora piú impenetrabile da vaghi bagliori che sparivano appena percepiti.

Venni fatto entrare in una stanza che, ad una prima ricognizione, pareva un'officina meccanica piú che un laboratorio. Braccia, gambe, mani, orecchie, nasi, piedi, busti, tutti rigorosamente ricoperti d'oro, erano disposti in ordine, secondo la taglia, il tipo, l'età, il sesso. Uno sfavillare intenso e freddo nell'oscurità del laboratorio. Un odore dolciastro, quasi un fetore, aleggiava facendo deperire una pianta di alloro piantata in un vaso.

– Ora – mi disse Erica che vidi avvolta in un drappo dorato e con una corona di alloro in mano – sono la tua guida, sei in presenza della grande sacerdotessa della natura riconciliata con la scienza nel segno aurato dell'opera alchemica per comporre l'uomo nuovo del nuovo mondo, migliore migliorabile migliorato amen che nascerà alla fine di questa nostra cerimonia di iniziazione iniziata con il principio dell'era dell'Acquario e che si concluderà stanotte nel momento in cui il plenilunio sarà completato. Vieni, seguimi, apri gli occhi, guarda.

Mi sembrava di galleggiare nel cotone idrofilo. Il dottor Penelope scriveva con aria neutra, ma si toccava con frenesia il lobo dell'orecchio ripescato sotto la capigliatura.

Seguii la sacerdotessa che mi aveva messo sulla testa la corona di alloro e mi aveva a mia volta avvolto in un drappo dorato.

Il dottor Penelope non prendeva piú appunti e nei suoi occhi ovali, dietro l'espressione neutra, si sarebbe potuto scorgere un rosseggiare tremolante. Era allergico alle esalazioni della pianta che continuava tranquillamente a deperire sotto lo strato di polvere caduta sulle foglie. Alla luce del tramonto sembravano d'oro.

Lallo, ormai inarrestabile, continuava il suo racconto.

In un angolo della stanza, su uno zoccolo di ebano mi

apparve una statua dorata in cui, con difficoltà, ritrovai le caratteristiche del pitecantropo eretto.

– Guarda. Ascolta – mi disse perentoria Erica.

Questo è il braccio del pugile algerino campione di pesi medi Ben Malet, ucciso dagli integralisti nel massacro di Heissa per punirlo, si dice, della sua vita dissipata, in realtà perché libero pensatore. Noi abbiamo prezzolato il sicario che ci ha consegnato il suo braccio sinistro, il piú temibile, il piú forte, il piú perfetto, il solo degno dell'uomo nuovo del mondo migliore migliorato migliorabile.

Il braccio destro viene dal famoso direttore d'orchestra israeliano Daniel Bombenmeister. Sicuramente ti ricorderai della sua morte drammatica in un incidente d'auto, da noi regolato al millesimo di secondo due anni fa.

Questa è la gamba del famoso centometrista centroafricano Arynkaia Winkelele; l'altra è del ballerino russo Bachtirieff: noterai come l'altezza e la lunghezza degli arti sia identica. Potrebbe sembrare un segno del cielo. È stato il risultato di calcoli accuratissimi, nonostante i quali abbiamo sprecato gambe di personaggi eminenti che, messe in opera, non ci apparivano esteticamente compatibili.

Noterai che lo sviluppo muscolare delle due gambe benché dissimile è armonioso rispetto al bacino, fornito, suo malgrado, dal celebre cantante rock che affermava di poter prolungare rapporti amorosi oltre le otto ore regolamentari. L'amante ha confermato la *performance* e cosí facendo, per stupida vanità, lo ha perduto. Noi, anzi "loro", fornirono l'eroina della sua fatale overdose. Per correttezza, cercammo il suo equivalente femminile: la moglie di un politico solita dispensare favori sessuali in cambio di indicazioni sulle corse dei cani: con quegli utili aveva finanziato il partito del marito, noto omosessuale da lei follemente detestato e amato istericamente.

L'enumerazione continuava; il cuore era quello del

primo trapiantato cinese, il collo conteneva l'ugola del famoso tenore perito nell'incendio del Liceu di Barcellona, ovviamente, opera nostra, anzi "loro", si corresse Erica.

– Ma "loro" chi? – chiedevo sempre più inquieto e senza ottenere risposta.

Il dottor Penelope nascondeva molto bene il suo interesse dietro un'aria neutra.

Erica continuava implacabile, meticolosa: il mento deriva da un celebre attore americano noto per la sua fossetta assassina, la fronte da un premio Nobel per la medicina, i denti...

Quanto al seno femminile, Ottone mi presentò due seni mirabili uno bianco ed uno nero uniti in un delicato traforo di filigrana d'oro, applicabili con viti leggerissime sul torso della statua, a scelta. Uno apparteneva ad una celebre attrice americana annegata nel suo bagnoschiuma prediletto in occasione di una campagna pubblicitaria e l'altro ad una celebre modella indiana morta per il morso di un serpente da noi, da "loro", liberato appositamente.

Un ingegnoso sistema di viti e morsetti collegava al bacino della statua due esemplari di sesso l'uno maschile e l'altro femminile in ciascuno dei quali le varianti etniche e di coloratura, previa selezione computerizzata, venivano applicate alla statua come variante del modello di base; tutto ciò, mi disse Erica, per rispettare la varietà delle combinazioni possibili, espressione dell'erotismo umano.

Ottone aggiunse che tutti gli arti sarebbero stati opportunamente istoriati da notizie di tipo biologico, storico ed antropologico, decorati da sommarie descrizioni grafiche relative al loro uso pratico ed erotico.

Rimasi a bocca aperta. E feci male perché a quel punto capii perché ero stato convocato in quel luogo in quel momento: ero logopedista e come esperto nell'uso della lingua dovevo offrire la mia lingua alla statua composta da questa accurata e macabra selezione di materiali. La statua sarebbe stata posta sul Machu Pichu: là, grazie alle particolari inclinazioni dell'asse di rotazione terrestre nei confronti del sole, la statua d'oro avrebbe brillato nelle notti siderali, traversando gli anni luce rendendosi visibile a "loro", popolo di evoluta saggezza, che avrebbero captato e decifrato le frequenze infrarosse emesse dal metallo.

Lo scopo era di dare notizie sulla nostra civiltà abbastanza attraenti per spingere "loro" a manifestarsi e a mettersi in contatto con noi. Per questo la superficie dorata era stata incisa da iscrizioni quali i meridiani dell'agopuntura, le date della storia dell'umanità, i titoli di principali poemi e romanzi, le invenzioni della tecnica con il nome dell'inventore e relativa data, i comandamenti delle principali religioni, le massime filosofiche, i sistemi di misura dello spazio e del tempo. Tutto questo perché loro comprendessero da che cosa era stato costituito il nostro mondo scomparso. Perché, che questo mondo dovesse scomparire per scontare la sua corruzione, i suoi peccati e soprattutto la sua stupidità feroce, non presentava ombra di dubbio agli occhi oblunghi di Ottone.

Il dottor Penelope si scordò la sua aria neutra e sospirò scuotendo la testa in cenno di assenso. Si riprese subito e tornò a scrivere.

Sulla fronte, continuò Lallo, che non si era accorto di quell'attimo di sbandamento, sarebbe stato apposto il nome dell'orafo artefice: se pronunciato, quel nome avrebbe animato la statua. Ma per questo occorreva una lingua esperta, la mia. E avrei dovuto proferire quel nome nel momento stesso in cui mi avrebbero strappato la lingua per darla alla statua, divenuta ormai viva.

Avrei dovuto essere lieto di dare il contributo essenziale a questa impresa, disse Ottone che cominciò a guardarmi con insistenza brandendo una pinza affilata. Riuscii a gettargli addosso un carrello sul quale erano appoggiati alcuni arti scartati. Ci fu un gran fragore, un tonfo sordo, tutto si oscurò, corsi verso il giardino, mi fermai quando vidi apparire una piccola luce. Ero salvo. Da allora cominciai a balbettare, volevo raccontare, raccontarmi quanto era accaduto per credere che ero ancora vivo, ma riuscivo ad emettere solo suoni inarticolati.

Lallo alzò gli occhi. Il dottor Penelope lo guardava con aria sempre piú interessata ed anche Lallo, guardando i capelli scuri, il taglio degli occhi allungati, il sorriso misterioso capí chi, cosa gli ricordava quel volto. In preda ad una improvvisa folgorazione che squarciava una prolungata oscurità, con un filo di voce, disse:

– Ottone!

– No, non sono Ottone – disse Erica con dolcezza. – Ottone è morto, e sono stata io ad ucciderlo. Era il mio gemello ma gli studi di egittologia a cui si era dedicato lo avevano convinto che il mondo si sarebbe potuto salvare solo grazie ad un incesto sacro fra gemelli. Ero soggiogata, non riuscivo a fuggire né a sfuggirgli abbastanza a lungo. Mi ritrovava sempre, soprattutto in coincidenza con particolari transiti astrali che, secondo le sue previsioni, avrebbero portato "loro" a venire sulla terra. Li aspettava nel dicembre 1996: "loro" avrebbero preso contatti con lui e con me, saremmo stati nominati luogotenenti della grande luce cosmica del raggio che salva e che perfora. Ci avrebbero riconosciuti dalla foglia di alloro sempre portata sul cuore.

Per non diventare pazza ho cominciato a studiare la psicoanalisi e sono diventata psicoanalista, ma dovevo mantenere una identità di copertura affinché Ottone non sospettasse la mia seconda vita, al di fuori di lui. Ho aperto un negozio di erboristeria. Ecco. Spero che quanto le ho detto le faccia recuperare fiducia e che lei vorrà permettermi di aiutarla a guarire, a dimenticare, forse.

Seduto in uno stato di stupore estatico, Lallo improvvisamente cominciò a oscillare il busto avanti e indietro a velocità sempre piú rapida, ripetendo ossessivamente, ma senza incontrare il minimo ostacolo: "ogni piccola luce può nascondere profonde oscurità".

In lontananza si sentí una sirena, poi dei passi, sempre piú vicini. Delle voci concitate irruppero nell'appartamento, nel corridoio, nella stanza. Quattro persone afferrarono Erica.

– Ferma, stia ferma. Non le faremo male!

Le tolsero la parrucca.

– Ottone! – disse Lallo, accecato da una luce insostenibile.

60

Piero Falchetta

Una parola d'oro

Quando l'ascensore numero uno dell'Hotel Galaxy di Anghiari si fermò di colpo, a metà fra il centoventesimo e il centoventunesimo piano, nell'ampia cabina si trovavano soltanto cinque persone. Dico 'soltanto' perché là dentro potevano starci comodamente ventotto passeggeri piú un *lift*, come confermava la targhetta luminosa fissata alla parete. L'ampiezza e la capacità di carico di quell'ascensore, nonché l'insolita, ormai, presenza del *lift*, si dovevano al fatto che l'Hotel Galaxy di Anghiari era un edificio per molti aspetti straordinario, che dominava imponente le vallate e le colline aretine dall'alto dei suoi trecentottantasei metri di altezza, e che ospitava, nelle milleottocento stanze e *suites* disposte su centotrenta piani (e affacciate su sedicimila finestre), un variopinto popolo di clienti facoltosi provenienti da ogni parte del mondo, oltre alle centinaia di camerieri, cuochi, governanti, segretari e portieri (di ambo i sessi) che si preoccupavano senza sosta del benessere materiale e spirituale dei loro ospiti.

Il fatto accadde fra le diciotto e le diciotto e uno del venti ottobre, domenica, dell'anno millenovecentonovantasei, come stabilirono in seguito i tecnici che ripararono il guasto ed esaminarono la scatola nera dell'impianto dopo averla collegata al loro computer portatile.

Le conseguenze immediate dell'improvviso arresto furono in verità assai lievi, e si limitarono a un subitaneo contraccolpo, che fece provare agli occupanti una leggera sensazione di mancamento; ma soprattutto li impressionò il loro sprofondare in un'oscurità totale, insondabile, sigillata (per curiosa coincidenza, qualcuno, a svolgimento dei fatti ormai compiuto, e a proposito degli stessi, fu udito pronunciare la seguente frase, peraltro piuttosto sibillina: "Ogni piccola luce evoca profonde oscurità".

Nell'ascensore, quella sera, si trovavano dunque, oltre al *lift*, quattro fortunati clienti dell'albergo, che stavano raggiungendo le loro stanze situate ai piani piú alti del grattacielo.

Vi fu un momentaneo silenzio, poi ciascuno cominciò a parlare per proprio conto (nelle rispettive lingue materne). Trascorsero cosí due, forse tre minuti, al termine dei quali ritornò il silenzio. Infine, qualche altro breve minuto piú tardi (ma a loro parve, com'è ovvio, un'eternità), udirono un clangore lontano, indistinto, accompagnato da un sordo battere metallico; infine, con un cigolío assordante che li angosciò non poco, l'ascensore si rimise pian piano in moto.

Il tragitto verso la grande piattaforma-servizi del centesimo piano (nella quale si trovava anche un'ampia e ben attrezzata infermeria) fu lungo e assai penoso, a causa del cigolío allarmante che accompagnava la lenta discesa, e i passeggeri della cabina non vedevano l'ora di uscire di là e di ritornare finalmente alla luce. Quando l'ascensore si arrestò, all'altezza del centesimo piano, con un ultimo scossone, un piccolo gruppo di addetti si era riunito per accogliere i malcapitati, aspettando che i tecnici subito accorsi aprissero le porte dall'esterno. Il vicedirettore del Galaxy, il medico dell'infermeria, l'addetto ai servizi di sicurezza, due o tre inservienti e alcuni clienti curiosi poterono cosí assistere a un singolare spettacolo, quando le due porte dell'ascensore furono aperte.

I quattro ospiti dell'albergo si riparavano con la mano gli occhi dalla luce improvvisa; apparivano in ordine e del tutto a posto, se si eccettua l'espressione un po' stranita con la quale si guardavano intorno. Nel mezzo della cabina, accanto alla colonnina dei comandi, il *lift*, ovvero, a essere sinceri, quel che del *lift* rimaneva: una statua luccicante, d'oro massiccio (come si appurò in seguito), che riproduceva nei piú piccoli particolari, in grandezza naturale, il povero ragazzo, dal cravattino a farfalla al cappellino rotondo appoggiato un po' di traverso sul capo, dall'orlo dei pantaloni rivoltato ai bottoni della giacca che avevano la forma di una G maiuscola, financo alle pieghe dell'abito. La figura se ne stava in un atteggiamento del tutto naturale e spontaneo, una mano appoggiata alla colonna e l'altra infilata nella tasca con una certa negligenza. L'espressione del volto era atteggiata a un'austera gravità che non ci si sarebbe certo aspettati di trovare in un semplice e giovane *lift*.

Il cameriere bussò con discrezione alla porta di uno dei salottini dell'albergo, nella zona riunioni del decimo piano. In un vassoio portava un bicchiere di spremuta d'arancia, una *stout* doppio malto, una bottiglietta di Perrier, e una tazza di caffè. Quando entrò, quattro persone lo accolsero in un silenzio teso, ed egli riconobbe in loro i quattro dell'ascensore. Sopra un tavolo accostato alla parete v'erano i resti di una colazione consumata rapidamente, come se quella riunione si stesse prolungando già da diverse ore.

In una poltroncina bassa sedeva, con le gambe allungate in avanti, Ottone Ophüls, orafo di Rotterdam; egli era solito trascorrere ogni anno un periodo di vacanza nell'Italia centrale, unendo il piacere della buona tavola e del buon vino con la ricerca di nuove forme per le sue creazioni. Sulla cinquantina, piuttosto corpulento, se non obeso, indossava un abito di lana scura e un panciotto di velluto nero. Portava occhiali cerchiati d'oro, e rigirava fra i denti l'estremità di un Avana spento e ormai guastato dalla troppa saliva. Guardava fisso davanti a sé, con un'espressione vagamente torva, ma per il resto pareva trovarsi a buon agio davanti ai suoi compagni.

Quasi di fronte a lui, appoggiata con grazia a una *dormeuse* rivestita di broccato rosso, stava Penelope Scavo, giovane psicoanalista di successo (nonostante il carattere assai permaloso e gli improvvisi, inquietanti silenzi nei quali sprofondava senza preavviso nei momenti piú impensati). Sorbiva con assorta concentrazione la sua aranciata, asciugando di frequente le labbra con un fazzolettino di lino candido ornato dal monogramma *PS* ricamato in rosso.

In piedi al centro della stanza, in preda a una visibile inquietudine, Lallo Audisio, logopedista già in forza alla USSL napoletana, ma passato ormai da diversi anni, e con notevole miglioramento del suo tenore di vita, alle dipendenze di una multinazionale del *software*, presso la quale era diventato un esperto di discreta fama nella preparazione dei programmi per il riconoscimento vocale. Assai spiritoso, anzi, la definizione giusta è 'lepido', scontava le conseguenze di un carattere insolitamente emotivo, che lo disturbava non poco, ma al quale sapeva spesso rimediare grazie al suo spirito arguto.

Veniva invece da Parigi Erica Fleury, una donna che si poteva in tutti i sensi definire esuberante, a cominciare dalle forme piú che generose del suo corpo, dagli occhi di un azzurro intensissimo, dalla lunga capigliatura biondo cenere e dall'abbigliamento stravagante che aveva fatto di lei una vera e propria leggenda negli alberghi di mezza Europa. Anche quel giorno non era venuta meno alla fama che la accompagnava: indossava infatti dei pantaloni aderentissimi color rosa *shocking*, sopra i quali portava una giacca indiana arancione, tempestata di pietre dure d'ogni colore e forma, mentre la sua famosa chioma era per il momento fasciata in un turbante di seta verde pistacchio. A Parigi Erica dirigeva una piccola industria che riforniva di prodotti vari (saponi, profumi, oli, shampoo, essenze e soprattutto erbe per decotti, infusi, cataplasmi, e quant'altro) un numero imprecisato di negozi di cosmetica "naturale" e di atelier di estetica.

La conversazione che segue si svolse in una lingua che si suppone nota a tutti i convenuti, anche se non è dato sapere quale fosse.

– Sono ore e ore che siamo chiusi in questa stanza – sbottò Lallo non appena il cameriere fu uscito – e non siamo venuti a capo di nulla! Io comincio ad averne abbastanza! Voglio andarmene a dormire!

– Certo il fatto che ci è capitato possiamo definirlo assolutamente straordinario e misterioso – intervenne Ottone senza far troppo caso alle intemperanze dell'italiano – tanto è vero che la polizia non ha neppure aperto un'inchiesta, almeno per quel che ne sappiamo. E non vedo in quale modo possiamo risolverlo noi quattro, standocene qui a discutere senza costrutto. Propongo perciò di aggiornare la questione a domattina, quando saremo tutti piú freschi e riposati.

– Un momento, signori – intervenne Penelope con un tono in apparenza tranquillo, dietro il quale ognuno dei presenti avvertí tuttavia una vaga minaccia di possibili accuse – mi appello alla vostra pazienza. Lei, signora Fleury, che cosa stava facendo quando la luce si è spenta e l'ascensore si è fermato? Vediamo di ricostruire ancora una volta i fatti...

– Tesoro – rispose subito Erica rivolgendo alla giovane psicoanalista uno dei suoi migliori sorrisi del suo repertorio – stavo pensando alle scarpe che mi facevano un male da morire. Non vedevo l'ora di arrivare in camera per toglierle!

– È proprio sicura che non ci fu nient'altro di insolito? – insistette Penelope, sorvolando incurante sull'effetto di quel "tu" troppo confidenziale.

– Insolito, insolito... che ne so io? La mia testa è sempre in ebollizione, cara, e non so mai come fare a fermarla. Però, a dire la verità, ora che mi ci fai pensare, ed è il tuo mestiere vero tesoro?, stavo cercando nella borsetta la chiave della camera, e mi sono presa uno spavento terribile. Perché, vedete – e cosí dicendo estrasse dalla borsa di pitone azzurro cielo una specie di tronchetto dalla strana forma, che ricordava un poco una figura umana rattrappita e sbilenca, eppure stranamente espressiva – non trovavo piú il mio prezioso portafortuna, questa radicetta di mandragora che mi ha accompagnata sempre nel mio lavoro, e senza la quale io sarei perduta, ne sono convinta.

Detto ciò, depose il portafortuna su un tavolino basso posto in mezzo alla stanza, affinché tutti potessero ammirarlo.

– Mandragora? Esiste per davvero? Io pensavo che si trattasse soltanto di una leggenda – esclamò Lallo chinandosi a raccogliere la radice e osservandola incuriosito.

– Certo bella non è! – aggiunse poi con un inchino, come per scusarsi, rivolto alla sua proprietaria.

Questa si limitò a fulminarlo con uno sguardo.

– L'ascensore si è fermato – proseguí Penelope alzando di un'ottava il tono della sua voce, come una maestra che richiami cosí all'ordine gli scolaretti indisciplinati – perché, ora lo sappiamo, la misteriosa trasformazione del *lift* in statua d'oro ha causato un improvviso sovraccarico all'impianto, che ha bloccato la cabina e fatto saltare l'illuminazione. Nessuno di voi ricorda qualche cosa di particolare nell'istante che ha preceduto il fatto?

I presenti si guardarono l'un l'altro, scuotendo il capo in segno negativo.

– Forse Ottone può dirci qualche cosa – commentò Lallo – in fondo lui di oro se ne intende... con un nome cosí...

L'orafo, interpellato in quel modo, sorrise e, sempre sorridendo, estrasse dalla tasca un piccolo oggetto, che depose sul tavolino accanto alla radice di mandragora. I suoi tre compagni si chinarono in avanti per osservarlo, mentre egli raccontava:

– Circa trent'anni fa, quand'ero poco piú che un ragazzo, ho fatto un viaggio in India, come era di moda a quel tempo. Un giorno, trovandomi a Bangalore, stavo gironzolando per il quartiere del mercato in uno stato a metà fra l'intontito e l'estasiato, in quanto poco prima avevo fumato dell'hashish nel mio albergo... come era di moda a quel tempo... – e a quel punto interruppe il suo racconto, come se il ricordo di quel giorno lontano lo avesse portato via con sé.

– E allora? – lo incalzarono tutti.

– Sí – riprese Ottone. – Sí – parve rinfrancarsi – mi sembra che fosse appoggiato al muro, accanto alla porta della sua botteguccia. Un vecchio curvo, con una lunga barba bianca, un occhio di un azzurro intenso, mentre l'altro, per qualche strana combinazione dei suoi geni, era scuro scuro, quasi nero. Strano, mi dissi, degli occhi cosí. E mi fermai davanti a lui, vagamente confuso e impacciato. Non so come, pochi istanti dopo mi ritrovai seduto su una sediola bassa, all'interno del negozio. Mi parlava nella sua lingua, e io naturalmente non capivo una parola, anche se il senso era chiaro: voleva che io comprassi qualche cosa. Ad un certo punto, aprí una scatoletta e ne estrasse l'oggetto che ora sta qui davanti a voi. Era fissato a un cordoncino di cuoio ed egli, senza che io avessi il tempo di fermarlo, me lo infilò intorno al collo. Arrivato a quel punto – se siete stati in India sapete bene cosa voglio dire – era quasi impossibile non acquistarlo.

Me ne uscii dal negozio e mi riavviai mestamente verso l'albergo, mentre mi maledicevo per essermi fatto incastrare cosí, avendo speso una somma tanto grande per un oggetto del quale non mi importava nulla. All'hotel mi misi a letto sconsolato, rigirando fra le mani il mio recente acquisto; notai quegli strani simboli incisi che potete vedere, ma soprattutto mi resi conto che si trattava di un bel pezzo d'oro, e che in fondo la buona sorte mi aveva assistito. Decisi cosí di fare di quel prezioso sassolino il mio portafortuna, e devo dire che da quel giorno la dea bendata mi ha davvero favorito molto.

– È la giornata dei portafortuna! – intervenne Erica.

– Oddío come sono eccitata!

– La cosa piú strana è comunque un'altra – proseguí Ottone senza lasciarsi interrompere piú a lungo. – Se osservate con attenzione, vi sono alcuni segni incisi sul mio portafortuna. Ho cercato piú volte, nel corso degli anni, di trovare qualcuno che fosse in grado di decifrarli e di spiegarmene il significato, ma tutti gli esperti ai quali li ho via via mostrati non sono stati in grado di dirmi nulla. È stato il caso a chiarirmi il mistero, se cosí lo vogliamo chiamare. Anzi, chiarire non è la parola piú adatta, ne converrete anche voi non appena vi avrò raccontato il resto della storia.

Si interruppe un momento per sorseggiare la sua birra, tirò un lungo respiro, verificò ancora una volta come il prezioso Avana non fosse piú quel che si dice un sigaro, quindi riprese: – Io non sono una persona cólta. Perciò mi capita assai di rado di leggere un libro, lo dico senza vergognarmene. Cosa volete, sono fatto cosí. Una decina d'anni fa tuttavia, mentre mi trovavo a Bogotà, mi ammalai, e fui costretto a restare a letto per quindici giorni filati. Non ero cosí mal ridotto da dover essere ricoverato, e perciò trascorsi quelle due settimane nella mia stanza d'albergo, il Richmond, uno dei piú belli della capitale. Durante i primi giorni ero tanto debole da non potermi neppure alzare dal letto, ma in seguito cominciai a sentirmi quasi bene, tanto che volevo ripartire immediatamente con il primo aereo; il medico tuttavia me lo proibí, e mi ordinò di avere pazienza. Fu cosí che lessi in quei giorni piú libri di quanti non ne abbia letti nel resto della mia vita, nel tentativo di ingannare l'attesa e di rompere la noia.

Fra i vari romanzi che la sorte mi pose fra le mani in quel periodo, aiutata dalla bibliotechina dell'albergo, c'era anche il *Gordon Pym* di Edgar Allan Poe. Non vi dico quale fu la mia sorpresa quando vi trovai, verso la fine del racconto, alcuni strani segni che mi sembravano riprodurre quelli della mia pietra d'oro. Sono i segni, forse alfabetici forse cartografici, che Pym trova incisi sulla roccia nell'isola di Tsalal, al termine del suo straordinario viaggio australe. Li confrontai subito, in preda a una strana agitazione, e mi resi conto che, seppure si notassero alcune differenze, i segni stampati sul libro e quelli incisi sulla mia pietra erano uguali. Ora, poiché i segni del Gordon Pym sono frutto della fantasia dello scrittore, e non corrispondono ad alcunché di reale, voi capite come io rimanessi deluso, sulle prime. Quegli strani caratteri non erano infatti altro che semplici invenzioni, e non avevano nessun significato al di fuori di quello che Poe aveva voluto dar loro. La mia pietra era perciò, in un certo senso, un "falso", un plagio dell'opera letteraria e niente più. Era l'opera di qualcuno che aveva voluto riprodurre in quel modo la trovata fantastica del grande Edgar Allan.

Restava comunque il mistero di quella pietra d'oro, di come fosse finita, quella strana pietra incisa, nella botteguccia di Bangalore, e perché fosse toccato in sorte proprio a me di possederla. Un tale insieme di circostanze insolite e di domande senza risposta mi portarono pian piano ad attribuire, in un modo del tutto irrazionale eppure, nonostante ciò, assolutamente irresistibile, mi portarono ad attribuire, dicevo, un qualche potere magico a questo piccolo oggetto che mi è tanto caro. Ne ho fatto, come vi ho detto, il mio portafortuna. Ma non solo. Ogni qualvolta mi trovo in difficoltà (questo è un segreto che non ho mai confidato a nessuno, e voi siete le prime persone che ne vengono a conoscenza) stringo nella mano, dentro alla tasca, la mia pietra, e ogni volta mi pare di riceverne forza, coraggio e serenità. È un'abitudine, ormai, e non voglio neppure pensare a quel che succederebbe se io dovessi un giorno perdere il mio talismano.

Ebbene, questo racconto mi serviva affinché voi poteste capire che cosa io stessi facendo nel momento in cui l'ascensore si è fermato di colpo. Dovete sapere che soffro un poco di claustrofobia – e qui Ottone fece una pausa per osservare i suoi compagni, e in particolare Penelope – e che gli ascensori sono per me un luogo di sofferenza. La mia paura non è tale da impedirmi di servirmene, ma ogni volta che salgo su uno di questi aggeggi, e mi tocca farlo spesso, sto male, e fino a quando le porte non si riaprono provo una terribile ansia. Soltanto la mia pietra ha il potere di farmi vincere questa paura; la tengo stretta nella mano e penso a lei, e ritrovo cosí il coraggio di non mettermi a gridare dal terrore. Ed è esattamente quello che io stavo facendo anche stavolta, mentre l'ascensore saliva. Stringevo la pietra nella mano, pensavo a lei, le chiedevo la forza per riuscire ad arrivare tranquillamente fino alla mia stanza...

Ci fu un lungo silenzio al termine del racconto di Ottone. La rivelazione, non richiesta, di quella sua debolezza, aveva messo un poco nell'imbarazzo, se non a disagio, i suoi ascoltatori. D'altra parte essi si rendevano conto di quanto si fossero allontanati dal motivo che li aveva indotti a riunirsi nel salottino, ovvero l'arresto dell'ascensore e la misteriosa trasformazione del *lift*, e ciò aveva d'un tratto rivelato e reso fin quasi palpabile la loro reciproca estraneità. Ora che il pericolo era passato, che la polizia aveva apparentemente dimesso l'inchiesta (salvo procedere per sotterranee vie), che l'albergo intero, con tutto il suo personale e gli ospiti pareva volesse dimenticare al piú presto l'accaduto, ora che la stampa e i mezzi di comunicazione non avevano ancora avuto il tempo di accorgersi dello strano fatto e perciò non l'avevano ancora sbattuto in prima pagina, come si dice, ora, insomma, che non c'era piú niente di utile che essi potessero fare o dire, che senso aveva stare là seduti, a raccontarsi storie insignificanti di portafortuna?

Tuttavia, prima che qualcuno di loro avesse il tempo di riscuotersi da quei pensieri, e che potesse intervenire per invitare tutti i presenti a un cordiale commiato, il silenzio fu rotto dalla voce di Lallo Audisio, il logopedista.

– Lasciate, cari amici – esordí – che vi racconti anch'io qualcosa.

Persino Penelope Scavo tacque, a quelle sue parole, troppo fiaccata nella propria determinazione di comprendere i fatti accaduti da quel sentimento di frustrazione che pareva essersi impadronito di loro. Rimase anche lei ad ascoltare in silenzio, prigioniera della sottile malía di vuoto che aleggiava nell'elegante salottino.

– Ho anch'io qualcosa da raccontare – proseguí Lallo. – Come sapete... Anzi, no, non lo sapete ancora... Ebbene, insomma, io sono, anzi ero, logopedista...

– Logopedista? – lo interrogò Erica.

– Sí, uno, insomma, che aiuta, anzi, aiutava i bambini che non riescono a parlare bene..., uno che insegna a parlare a chi ha delle difficoltà. Ma questo lo facevo una volta, fino a cinque o sei anni fa. Ora lavoro in una ditta che produce *software*, e mi occupo dei programmi di riconoscimento vocale. Insomma, se volete, prima insegnavo a parlare alle persone, ora insegno a parlare alle macchine, ai *computers*... vedete un po' voi..., ma questo non c'entra... anzi, c'entra, ma non nel senso del lavoro che io faccio, bensí... beh, lo vedrete fra poco.

Detto ciò, si alzò in piedi e prese a passeggiare nervosamente al centro della stanza, in silenzio, come se avesse dimenticato d'un tratto quel che stava facendo fino a un momento prima. I suoi compagni lo fissavano interdetti, di fronte all'insolito comportamento di Lallo. Ma allo stesso modo, all'improvviso, egli parve riscuotersi e tornare in sé, e riprese a raccontare, pur senza arrestare il suo andirivieni.

– Insegnare a parlare a una macchina non è una faccenda cosí semplice come si potrebbe immaginare. Bisogna infatti partire da un vocabolario-base di duecento o trecento parole, tipo 'gentile', 'signor', 'cordiali', 'saluti', e cosí via... queste parole vengono registrate da una voce neutra, priva di inflessioni dialettali, con un tono medio, a una velocità media, e cosí via... vi annoio? Aspettate ancora un momento, abbiate pazienza.

Tali suoni vengono poi analizzati da un campionatore, che ne produce un modello digitale... ovvero una serie di numeri, i quali numeri, abbiate pazienza, vengono poi inseriti nella memoria di un programma, del programma di riconoscimento vocale, appunto, cosicché ogni volta che voi dite 'saluti", il programma "si prende" il suono che ha appena "ascoltato", lo analizza, lo confronta con quelli digitali che conserva nella memoria e non appena l'ha riconosciuto, lo fa diventare testo che si scrive da solo sullo schermo del vostro elaboratore... uff! Questa è la faccenda... spero di essermi spiegato.

Una volta che il procedimento è impostato, non ci sono difficoltà eccessive, si tratta soltanto di poter disporre di macchine e programmi sempre piú agili e potenti, come sta di fatto avvenendo. Eppure, voi non lo crederete, non tutto funziona cosí come vi ho descritto ora.

Vi sono infatti alcune parole che, per quanta cura si ponga nel pronunciarle registrandole, incontrano enormi difficoltà ad essere riconosciute dalla macchina, che finisce quasi sempre per storpiarle e restituirle inesatte. La ragione di ciò non ci è chiara, anzi, si tratta di un piccolo buco nero nel quale sprofondano tutti i nostri tentativi di comprensione...

– E di quali parole si tratta? – domandò Penelope Scavo.

– È questa la cosa piú strana. Non si tratta infatti di parole difficili...

– Prescipitevolissimevolmanté!!! – sbottò Erica.

– Accavallavacca!!! – le rispose scherzoso lo stesso Lallo. Erica, che non aveva capito, di quella strana parola, che la parte finale, lo guardò dubbiosa per qualche momento.

– Vacca *quoi*? – gli chiese infine.

– No, no – si affrettò a rispondere Lallo – non mi permetterei mai... Dicevo cosí, è un gioco di parole.

– Beh, allora, di quali parole si tratta? – domandò a sua volta Ottone.

– Stavo dicendo – riprese Lallo – Gesú, che stavo dicendo? Ah sí... stavo dicendo che non si tratta di parole lunghe o difficili...

– Un momento – intervenne Penelope – mi pare di cominciare a capire. Ascoltate bene.

Pronunciò queste parole con un impeto improvviso, tale che tutti la fissarono attenti, poiché avevano colto nel tono della sua voce un accento di repentina illuminazione.

– Riepiloghiamo i fatti – proseguí la psicoanalista. – Eravamo in cinque nell'ascensore, noi quattro e, al centro, il *lift*. D'un tratto si è prodotto un evento che, se io fossi religiosa, non esiterei a definire sovrannaturale, ma che è comunque situato al di là della nostra capacità di comprensione. Poi ci siamo riuniti qui, e abbiamo cominciato a discutere...

– Di portafortuna e talismani – la interruppe Ottone.

– Sí – continuò senza badargli Penelope – ai quali due di noi stavano pensando intensamente nel momento preciso in cui si è verificato lo strano evento. Per quanto irrazionale tutto ciò possa apparire, è questa la sola relazione che noi possiamo stabilire fra gli avvenimenti: due di noi, in possesso di oggetti ritenuti, a torto o a ragione, non voglio certo discutere di questo, ora, ritenuti arcani, dicevo, se non addirittura magici, pensano intensamente ad essi, e nello stesso momento si produce un fatto assolutamente straordinario. Ora, il nostro amico Lallo – interpellato, Lallo le rivolse un rapido inchino di cortesia – sta per dirci qualcosa che io so già... – e la pausa che Penelope fece a quel punto non fu certo casuale, bensí frutto della sua lunga esperienza di affabulatrice. – Lallo sta per dirci che stava pensando anche lui a qualcosa, e quel qualcosa è la parola che la macchina non vuole apprendere. Giusto?

– Come ha fatto a capirlo? – le domandò Lallo, sbalordito.

– Il che significa che se io adesso prendo questi due oggetti – e cosí dicendo si alzò e raccolse dal tavolo la radice di mandragora e la pietra d'oro e li tenne stretti nella mano – e Lallo pensa intensamente alla sua parola, io dovrei trasformarmi come il *lift* in una statua d'oro...

Per tutta risposta, nella stanza ci fu un lampo silenzioso ma possente, che obnubilò per qualche breve istante le facoltà sensoriali e intellettive della psicoanalista, e che la indusse a ripararsi il viso con un braccio. Quando si riebbe, i suoi tre compagni la stavano ancora fissando, ognuno con un'espressione di viva sorpresa stampata sul volto. Espressione che non si sarebbe mai piú potuta cancellare, visto che l'oro è un metallo che non teme il trascorrere dei secoli.

Sal Kierkia

Numero tredici

Il Castello di Sorci ad Anghiari si ricorda tragicamente come uno scolastico decasillabo manzoniano. Gli avvenimenti che vi si svolsero non hanno data e le persone che vi presero parte morirono tutte con poco scarto di tempo l'una dall'altra; ma chi s'occupò, nell'anno 1996, dei fatti accaduti in quell'epoca lontana, ne conserva ancora memoria: e con ragione, come si saprà leggendo appresso.

È invece necessario aver letto prima quanto un'antica cronaca, malamente conservata su di una pergamena posteriore, e perciò non facilmente interpretabile nella sua pur bella scrittura beneventana, riferisce sullo sterminio degli ultimi abitanti del detto castello.

Vivevano lí il signore del feudo, la nobile castellana sua consorte, e una coppia di servi anch'essi marito e moglie.

Narra dunque la storia che nel giro di un paio di settimane – in tredici giorni per la precisione – uno dopo l'altro morirono o addirittura scomparvero i quattro occupanti del già poco accessibile castello.

Il signore del luogo, un certo Boemondo degli Albrizzi, fu trovato esangue e quindi esanime sul tredicesimo gradino – contando dall'alto – dei quindici di cui era fatta la scala a larghi ripiani e corte alzate che immetteva al primo sotterraneo della costruzione. La nobildonna Cunegonda della famiglia degli Ondegravi morí repentinamente quasi soffocata dopo aver chiamato con voce strozzata e invano qualcuno della scarsa servitú. Il servo poi, di cui non viene detto il nome, si accasciò in uno degli stretti passaggi del castello mentre accorreva, a grandi passi, quasi volando, alle indistinte invocazioni di aiuto della moglie Gunilla. Questa, per ultima, si schiantò sul terrapieno roccioso, ai piedi del piú alto torrione del fabbricato. La cronaca però non dice chi avesse fatto il rinvenimento dei cadaveri che poi non si trovarono piú e lascia in silenzio le cause e le ore del giorno o della notte per cui e in cui i quattro infelici perirono. Neppure si dà conto della loro età né dei loro antenati o discendenti.

Quel che ora si sa è che altri quattro personaggi, negli ultimi mesi (novembre o dicembre) dell'anno 1996 vennero a conoscenza, per vie diverse e traverse, di questa triste storia e ne vollero scrutare il segreto o il mistero. Non che interessasse loro risolvere un caso che ormai non poteva piú soddisfare alcuna diretta curiosità e per il quale non avevano sicuri elementi di indagine per il tempo trascorso e per le successive modifiche apportate nei secoli alla struttura stessa dell'intero castello: erano mossi piú che altro da una quasi irriverente e morbosa curiosità. Anghiari d'altra parte non è piú quella di una volta ed i suoi abitanti non credono piú né a racconti di fantasmi né a maledizioni divine o stregonesche che si vogliano.

Il fatto è invece che la predetta pergamena conteneva, oltre alla narrazione piú su brevemente riassunta, una annotazione in calce, in scrittura visigotica e perciò posteriore e di mano diversa, in cui si diceva che nei due fogli seguenti erano contenute una formula "ad faciendum aurum" ed una specie di ricetta "de naturali herbarum medela". Il caso volle che i quattro, due coppie ben assortite tra loro, si trovarono una sera di metà mese a cenare in un accogliente ristorante del vecchio borgo di Anghiari nei pressi del Castello di Sorci.

I due tavoli erano tanto vicini da sembrare quasi accostati e capitò che negli intervalli tra una portata e l'altra i quattro, a due a due, si misero a discutere su di una riproduzione in fac-simile della pergamena di cui poco avanti si parlava. Fu questa la circostanza che fece loro supporre, e poi convinse tutti, che erano lí per lo stesso motivo.

Dopo un semplice "buon appetito" che sottintendeva anche un già saltato "buona sera", dovettero presentarsi.

Ottone ed Erica venivano da Milano, mentre Lallo e Penelope da Roma . La conversazione si incentrò subito sulle inesplicabili scomparse dei signori del luogo e dei loro due famigli. A un certo punto, le due coppie convennero che la chiave del mistero potesse trovarsi là dove il manoscritto accennava a "13 aculi" interpretati comunemente dai commentatori come tredici aculei o punte di ferro che – cosí supposero insieme – dovevano formare come una specie di borchia metallica con spuntoni, infissa al centro della porta d'entrata al castello o sistemata nella parte inferiore del ponte levatoio, ben visibile quando esso viene tirato su.

Continuarono a parlare fin oltre il caffè, il digestivo e il conto pagato, né si separarono all'uscita del ristorante; ma dopo un breve giro per i vicoli del borgo e prima di ritirarsi in albergo, sostarono fino a notte inoltrata, quasi mattina, sulle panche di un bar già chiuso a quell'ora che s'era andata facendo fredda nonostante il favorevole clima tiepido della giornata fuori stagione.

Può dirsi senz'altro che in quel breve periodo, dalla presentazione alla "buona notte" già "buon giorno" ormai, i quattro erano diventati amici anche per la comunanza di interessi sull'irrisolto racconto della tragica fine di Boemondo, Cunegonda, Gunilla e del marito di costei: un'amicizia, c'è da aggiungere, che si consolidò quando Ottone, durante la passeggiata serale, indugiando tra le stradine già terminali del borgo, avvistò, dietro una smagliata rete di filo di ferro che limitava un precario giardino, una svettante rosa bianca: gli sembrò quasi doveroso approfittare di quell'unico ultimo dono autunnale: senza pensarci troppo su la colse al di sopra del recinto e l'offrí a Penelope con un inchino ossequioso che causò una inavvertita impazienza in Erica ed un impercettibile moto quasi di fastidio in Lallo.

Si separarono non appena entrati in albergo, dopo aver già deciso di ritrovarsi nel pomeriggio per un sopralluogo al castello.

Mentre stanno dormendo è opportuno tuttavia conoscere chi erano i quattro visitatori occasionali e che cosa si dissero in tutto il tempo che passarono insieme.

Lallo – poco interessa il suo casato e meno che mai quello della sua compagna, come non si dirà il cognome di Ottone ed Erica – era un logopedista, il piú loquace dei quattro in quell'incontro. Egli si vantava di essere lungimirante nel senso che sapeva prevedere ciò che piú o meno a breve tempo poteva accadergli. Aveva inoltre la pretesa di poter insegnare a parlare e scrivere bene, oltre che a guarire le difficoltà di articolazione vocale dei suoi pazienti. Fu lui ad aprire il dialogo ai tavoli del ristorante:

– Vedo che come noi, Penelope e me voglio dire, anche voi siete stati attratti dal mistero che avvolge ancora la morte dei quattro sfortunati del castello.

– In verità – disse subito Erica, quasi emozionata – ci piacerebbe di piú sapere dove sia finito il foglio o i fogli con la formula di quella specie di "pietra filosofale" e il preparato medicamentoso o "panacea" d'erbe valevole appunto contro ogni male.

Ottone rise:

– Derido – disse con un sorrisetto di sufficienza incollato sulle labbra – a questa idea, un po' bizzarra, del trarre oro da un materiale vile, cioè all'alchimia e a coloro che, piú che analizzare gli elementi, si arrovellavano ad imbrogliare le genti; ma sono comunque curioso, fino ad appassionarmene, di conoscere i tentativi che si facevano con quel miraggio – e si carezzò quasi compiaciuto i corti peli già un po' grigi della sua barba a pizzo.

Ottone era un orafo di buona professionalità, un artigiano oculatissimo ed anche ossequioso come si conviene a chi deve far apprezzare il valore dei propri prodotti e favorirne l'acquisto da parte del cliente, specie nel caso in cui l'oggetto prezioso andrà in regalo ad una bella signora o sarà lei stessa a sceglierlo con amore.

Penelope lo penetrò con uno sguardo ammirativo da psicoanalista qual era, abituata ad essere penetrante nel suo lavoro, ed anche un po' pettegola, e gli disse, rivolgendosi anche agli altri due:

– Capisco bene questo tuo atteggiamento – si era convenuto fin dalle prime battute di darsi indistintamente del "tu" – per cosí dire professionale; a me, per esempio, sarebbe piaciuto poter analizzare, capiscimi, quasi "ante litteram", gli entroterra psicologici delle persone coinvolte in quella strage.

Erica ricambiò lo sguardo sfuggente di Penelope e di suo aggiunse:

– È ovvio dirti che a me premerebbe avere quella ricetta miracolosa accennata qui in nota – e rispiegando il facsimile della pergamena, indicò il fondo della pagina – per confrontarla con i miei preparati.

Spiegò che era una erborista con buoni studi in botanica e una lunga preparazione in laboratori attrezzati.

A Lallo e Penelope, per quanto ancora disse, sembrò anche un tantino esasperante, e presuntuosa. Da parte sua Ottone la sapeva persino egoista.

Fu a questo punto che Lallo intervenne di nuovo, dopo che lo si era visto fremere alle parole degli altri:

– Non sarò nel giusto, ma ho certi miei dubbi sui "13 aculei" del documento. Mi insospettisce – continuò dopo una pausa interrogativa durante la quale i suoi occhi indagatori si posarono sui volti degli altri tre – la mancanza della "e" in "aculi" se si deve intendere, come vogliono, "aculei". I filologi la spiegano come una certa consentita abbreviazione, tanto piú che la "i" senza puntino ha una marcatura piú spessa all'inizio del "ductus" e un segnetto alla base che potrebbe essere una specie di iota sottoscritto. Non vorrei – era ancora lui a parlare – che ci si giocasse qualche tiro come è accaduto per una lezione errata di un certo verso priapeo, attribuito a Virgilio, in cui una "t" della scrittura gotica del codice è stata vista come una "c" e molti frettolosi esegeti hanno trascritto: parata namque crux stat ecce mentula invece di: parata namque trux stat ecce, eccetera – qui, per un malcelato senso di pudore, si trattenne dal ripetere il volgare sostantivo – con conseguenti storture acrobatiche di interpretazione.

Disse tutto questo con un grave tono di voce che Penelope soppesò commentando che gli studi del compagno gli permettevano queste finezze e profondità di analisi.

Si è riferita qui in breve la conversazione tra i quattro; molte altre cose certamente si dissero e il giorno dopo all'appuntamento nei pressi di ciò che era rimasto del primitivo castello, si tentò di riassumere il discorso e di trarne qualche conclusione. Penelope ne abbozzò il condensato e, pensando a qualche ricerca che avrebbero potuto fare, disse:

– Ogni piccola luce evoca profonde oscurità.

Sapevano poco dell'accaduto, avevano qualche indizio: il testo della pergamena; ma tutto era ancora avvolto in un buio fitto, impenetrabile.

Ciò che soprattutto essi ignoravano era che verso la fine dell'anno 1699, a seguito del trattato di Carlowitz grazie al quale l'Ungheria, sottratta all'Impero Ottomano, ritornò all'Austria per la vittoria di Eugenio di Savoia a Zenta (1697), emigrò in Toscana un non meglio identificato nobile magiaro che per circa due anni dimorò solitario e indisturbato in ciò che ancora di abitabile restava del Castello di Sorci.

Qualcuno disse che la sua permanenza ad Anghiari era dovuta alla ferma volontà di far luce sugli avvenimenti di quegli oscuri delitti. D'altra parte questa era l'unica notizia rintracciabile in una sbrigativa cronaca locale, anch'essa, non si sa come, sparita dall'archivio cittadino. Forse proprio per questo non si era data la dovuta importanza alla dimora dell'ungherese tra le mura del castello.

C'è tuttavia da supporre che se almeno uno dei quattro avesse saputo di quel passaggio straniero da quelle parti, forse tutti insieme avrebbero meglio ed altrove diretto le proprie ricerche.

Ora in ogni caso si prefiggevano di comune accordo di dissotterrare, in senso metaforico, ma anche reale ad avere fortuna, i due fogli mancanti al codice conosciuto e divulgato. Si erano quasi convinti che in essi avrebbero trovato oltre che la formula e la ricetta, entrambe promesse nell'unico foglio superstite, anche la chiave dei delitti consumati prima che il castello rimanesse disabitato e vuoto d'ogni arredo.

Erano passate da poco le quattro del pomeriggio quando i quattro amici si ritrovarono alla base di un terrapieno per metà già modernamente asfaltato e che circondava ancora i ruderi dell'antico castello. Non sapevano di preciso cosa avrebbero fatto lí nelle prossime ore, prima che calasse il buio e sparisse del tutto il poco sole che ancora scaldava quello sbiadito giorno d'autunno inoltrato.

Si stavano già coprendo alla meglio, ciascuno con i propri abiti, sui quali non importa soffermarci, quando ad un tratto tutti e quattro si chinarono con l'intenzione di raccogliere un foglio di carta arrotolato e stretto a cilindro da un cordoncino rosso come fosse un diploma. Era adagiato su di un masso sporgente, tenuto fermo da altri due sassi poggiati sulle estremità del legaccio.

Era evidente che qualcuno lo aveva lasciato lí di proposito. Uno sconosciuto che aveva ascoltato – inavvertito e indisturbato – le intenzioni dei quattro amici.

Fu Lallo ad anticipare tutti gli altri: afferrò il rotolo e lo sfilò velocemente dalla stretta del nastro. Non era molto grande, trattandosi di una normale pagina della misura standard A4, ma di carta piú spessa anche se non proprio da cartoncino. Lallo tenne aperto il foglio con le due mani, all'estremità superiore con la destra e l'altra piú sotto verso sinistra, e tutti poterono leggere in una palese imitata scrittura capitale rustica questo brano:

Sono in possesso dei due fogli mancanti li ho trovati in una specie di tubo di ferro che ho ripiantato ritto come un palo nella terra sotto questo masso 13 aculi est genitivo baculi di bastone l asta 1 est dritto della B et 3 sunt pancette della stessa come vezzo o necessità di amanuense

Piú sotto, quasi come una firma, si leggeva:

Il vendicatore

Naturalmente la lettura non fu cosí spedita, come può farsi adesso in questa trascrizione, per il fatto che nel testo non c'era alcun segno di interpunzione né stacco tra una parola e l'altra.

L'intuizione o il sospetto di Lallo circa il numero "13", che era invece una "B" maiuscola, si rivelava in piena luce, ovvero con tutta evidenza, perché quella del giorno, come s'è detto, andava piano piano declinando.

Per un po' si guardarono in silenzio e, ancora senza parlarsi, si chinarono di nuovo e insieme riuscirono a spostare il masso che rotolò piú lontano lasciando scoperta una estremità di tubo ricurvo proprio come un manico di bastone. Si tennero ancora tutti vicini e scavando un po' tutt'intorno con le mani liberarono dalla terra un certo tratto del bastone e col muto assenso dei compagni, Ottone, nel tentativo di estrarlo, ne afferrò la parte uncinata.

Questa gli restò nella mano e improvvisamente dal cavo del tubo scattò una specie di lama rotante che falciò i quattro curiosi.

Quattro teste rotolarono dalla sommità della strada fino all'ultimo pezzo in discesa prima che la lunga e ripida arteria, che taglia in due, da sopra a sotto l'abitato di Anghiari, si stenda in piano attraverso i campi.

La storia, quella recente, ha avuto un seguito naturale che l'autore si rifiuta di raccontare, anche perché una macchinosa magistratura sta ancora indagando.

Ciò che invece l'autore non può tacere è quel che egli stesso è venuto a sapere sull'insignificante (almeno in superficie) presenza dell'innominato ungherese ad Anghiari verso la fine dell'ultimo anno del seicento e per quasi tutti i due primi del settecento.

Ecco, tutto è collegato proprio alla cronaca settecentesca di cui però non ho preso diretta conoscenza, cronaca di cui ignoravano l'esistenza anche i quattro decapitati amici di Roma e Milano.

Sapevo già della loro infelice sorte (altrimenti come avrei potuto scriverne?) quando, subito dopo il Capodanno del 1997, passò da me un vecchio caro amico, compagno di studi in Italia e di avventure in Sudamerica.

Ero sicuro che ormai, ammansito e solitario, dopo un lungo periodo vissuto da giramondo, se ne stesse a godere gli anni della pace dei sensi in una acconcia villetta a Santa Cruz de Tenerife. Una delle ultime volte, non piú di due anni addietro, c'eravamo rivisti a Buenos Ayres dove egli aveva chiuso una sua – quanto meno irrispettosa – attività, proprio in vista di stabilirsi nelle Canarie.

Aveva fondato e diretto in Argentina un quotidiano composto di poche pagine, interamente dedicato ai necrologi: ogni giorno pubblicava, con l'aggiunta di qualche corrosivo commento, il nome, il cognome ed ogni altro dato anagrafico e l'indicazione delle cause del decesso, di tutti i morti, deceduti il giorno prima tra la numerosissima popolazione della capitale argentina.

Lo avevano soprannominato "El Gavilan" (era anche la testata del giornale) che significa sparviero se non proprio avvoltoio; anzi si era dato lui stesso quel nomignolo – quasi uno pseudonimo – per via di quella funebre pubblicità editoriale, con cui riusciva a campare, ci lucrava bene con poca fatica e modeste spese. Gli telefonavano parenti e amici del trapassato e lui stampava, vendendo fino a poco meno di un milione di copie giornaliere, fidando sulla curiosità dei vivi e sulla pietà per i cari estinti.

In realtà egli si chiama Helsvit Arraicochea i Revillon di padre basco e madre catalana; io lo chiamo Osvaldo, meglio, da me si fa chiamare cosí per italianizzarsi.

Arriva dunque (il 3 gennaio) e dopo l'abbraccio con poderose palmate sulle spalle, come sempre usavamo fra di noi, ci sediamo con due bicchieri lunghi, sul tavolo, e una bottiglia di "pisco" (aguardiente peruviano) e gli incomincio a raccontare quel che anche voi adesso sapete.

– Escúchame, pata – m'interrompe con quel suo confidenziale spagnolo di un tempo e cioè "ascoltami, amicone" – quel che vuoi dirmi, sono io a doverlo dire a te.

Sono tentato di prenderlo a pugni e mettergli sotto gli occhi ciò che tre o quattro mesi prima del suo arrivo ho scritto sui fatti ultimi di Anghiari. Me ne astengo perché qualcosa, un riso largo sulla bocca a labbra appena appena aperte, mi fa supporre che Osvaldo vuole parlarmi della stessa cosa.

– Ho letto sui giornali – dice ritrovando la sua smorfia di quando licenziava alla stampa il rosario degli annunci di morti rioplatensi – qualche mese fa della ghigliottinata collettiva di quelle persone con quattro nomi che mi paiono messi apposta per mandarli a morire insieme. "Fíjate!" (immagina un po', ma con qualche meraviglia, vale a dire) e tu lo sai, che si chiamavano Ottone, Penelope, Lallo ed Erica. Mi pare un avvertimento in codice, con Ottone soprattutto, lega di metalli e nome di derivazione germanica. Continua ad immaginare un "otto" che leggi di qua e di là cosí scritto in lettere e per di piú rovesciabile come vuoi, da destra a sinistra o da sopra a sotto se scritto in cifra, come dicono, arabica. Li ho visti insomma là: ero anch'io ad Anghiari in quegli stessi giorni.

Non lo interrompo, ma presagisco un finale che la Polizia italiana non scoprirà mai perché, qualunque esso sia, non sarò certo io a rivelarlo agli inquirenti.

Intanto Osvaldo continua il suo racconto spiegandomi, in forma di discorso indiretto, come e perché è venuto in Italia senza preavvisarmi.

Era arrivato a Firenze nei primi giorni di dicembre 1996 per rivedere la città – dice – in una luce invernale e non, come aveva fatto altre volte, nei mesi primaverili. Poi era stato ad Arezzo ed il 13 si trovava proprio ad Anghiari. Mi viene cosí precisato che l'atrocità del Castello di Sorci si era perpetrata davvero il giorno dopo.

A quella cena appunto era presente anch'egli, ad un tavolo piú lontano dagli altri due quel tanto che consentiva ad un uomo solo e taciturno di ascoltare quanto intorno si diceva: per il resto egli sapeva già tutto, anzi molto di piú degli altri quattro avventori. Ma seppe in compenso nomi, provenienza, attività e intenzioni della coppia romana e dell'altra milanese.

Ottone gli parve un uomo positivo e sicuro di sé, non proprio obeso, ma con una incipiente rotondità di ventre che deturpava un po' la sua salda figura di quarantenne; vestiva un paio di jeans alla moda ed una giacca nera con camicia a quadri senza cravatta. Anche Penelope portava pantaloni ed una blusa accollata, sufficientemente rigonfia però all'altezza dei seni e una corta collana quasi a girocollo, non proprio prosperosa quindi, ma davvero carina nei suoi trent'anni compiuti da poco.

Lallo era un tipo longilineo e meglio vestito di Ottone, più o meno della stessa età; Erica, di fronte a lui, appariva minutina e dimessa, esile e con forme di poco richiamo ma ben proporzionata, dopotutto, tenendosi ancora più che giovanile per i suoi trentotto anni.

Osvaldo aveva evitato di guardarli in viso per non dare a parere che si interessasse a loro e, mentre quelli continuavano a conversare, pagò il conto dopo essersi fatto portare un bicchiere di tequila ghiaccia con sale e limone a parte. Poi s'alzò quasi di scatto, salutando con un gesto della mano, quando fu sulla porta di uscita, verso i pochi che restavano.

Non sa dirmi se i quattro protagonisti di questa storia – ma ora l'unico antagonista mi si sta sempre più personificando in lui – dormivano nel suo stesso albergo. Continua, dopo la mia interruzione, raccontando che, salito nella sua camera, si cambiò d'abito, si vestí da barbone con una "gorra" – ossia copricapo senza visiera e di poca apparenza – e uscí di nuovo.

Ritrovò poco dopo per strada, ed era quanto s'era prefisso di fare, i quattro amici e li seguí per un poco senza farsi notare, aspettandoli per cosí dire al varco, seduto su un muretto che delimitava a distanza la piazzetta con le panche del bar sulle quali, come già sappiamo, i nostri amici si erano trattenuti. Non fu notato ma continuò ad ascoltare quanto si dicevano, favorito dal trasparente silenzio notturno.

Qui Osvaldo si ferma, si versa ancora del "pisco" e riprende:

– Sai che ho parenti in Ungheria, ad Esztergom sul Danubio perché dopo Buenos Ayres ci siamo rivisti proprio là e fu quella l'ultima volta prima d'ora. Un mio antenato morí verso il 1709 nella rivolta dei kuruczok contro l'assolutismo asburgico. Dovresti ricordarti che era luogotenente del Principe di Transilvania, Ferenc II Rákóczi. Ciò che forse ignori è che quel mio lontano parente è stato per quasi due anni ad Anghiari.

– Figurati – lo interrompo alzandomi con scarto della poltrona per l'improvvisa sensazione di cominciare a capire ciò che non avrei voluto sapere – dannazione! So, e l'ho scritto, che un magiaro capitò in Italia poco prima di quella insurrezione: ma che fosse tuo avo, trisavolo o che altro non l'avrei proprio immaginato.

– Càlmati ora – mi fa senza scomporsi – e rimettiti seduto. Si chiamava Györ e credeva che ad Anghiari avessero vissuto i capostipiti della sua famiglia. Venne a sapere di una cronaca manoscritta nel tempo in cui vi dimorò e fu lui stesso a trafugarla prima di partirsene. Con sé portò anche due fogli di un codice pergamenaceo che ne contava tre ritrovato non so come dietro una nicchia murata, lungo le prime scale interrate del Castello di Sorci. Il primo foglio è quello che gli studiosi conoscono ed hanno divulgato. Di quelli presi da Györ non si ha piú traccia e la voce corrente tra i suoi discendenti è che li abbia bruciati per impedire che se ne impossessassero coloro che ne avrebbero abusato per nuocere all'umanità. La cronaca settecentesca si è rivelata essere un diario del mio antenato ed è stata proprio quella a spingermi ad Anghiari e poi fin qui da te.

Mi stringo la testa tra le mani coi gomiti poggiati sulle ginocchia e sto quasi rinunciando a sentirlo premendo le palme sugli orecchi. Avverto però che sta ridendo a intervalli con intermezzi di schiocchi di lingua e sibili senza fischio.

– Allora sei tu il carnefice – gli grido infuriato – hai

fatto una strage! Che cosa hai voluto vendicare, di chi ti sei vendicato se i quattro erano soltanto quattro sprovveduti innocenti?

Dico tutto questo in modo precipitoso, senza concedermi respiro, in piedi, dopo aver sollevato Osvaldo quasi di peso. Afferratolo per le spalle, lo vado scuotendo avanti e indietro come a svuotarlo di una confessione.

– Si, sono io il vendicatore – mi dice – e mi sono inventato l'equivoco tra il numero "13" e la maiuscola "B" per gli studi di paleografia, di archivistica e diplomatica che abbiamo fatto insieme in gioventú, ricordi?, con il professor Battelli alla Vaticana.

Non so perché mi sto rasserenando, lascio la presa e lo sento distintamente dire:

– Ma non sono l'assassino!

Ci risediamo allo stesso tempo.

– Me ne ripartii da Anghiari – riprende subito dopo il punto esclamativo – senza aver dormito in albergo perché passai il resto della notte a combinare la burla del tubobastone.

– Burla, dici? – Poi lo interrogo senza convinzione:

– E i morti, e le teste rotolate in fondo alla strada?

– Sei sempre un inguaribile ingenuo. Come hai fatto a non aver capito tutto quello che tu stesso hai scritto? – Questa volta è Osvaldo a pormi le domande finali.

– Se teste erano, dove rimasero i corpi? E il sangue che avrebbe dovuto uscire dai colli tranciati?

Mi porto la bottiglia di "pisco" alle labbra e ne trangugio quanto ne è ancora rimasto.

– Erano quattro teschi, impagliati e con maschere, che io stesso avevo sparso lungo il cammino lasciando Anghiari. Una beffa non è un delitto.

D'improvviso, come in un lampo, tutto mi si fa chiaro e capisco. A dire il vero avrei dovuto farlo prima, ancora prima di mettermi a scrivere: il reperto pergamenaceo è un falso. Lo aveva già messo in evidenza Györ nel suo diario. Alla data presunta della sua stesura, il numero tredici si scriveva XIII.

Ciò che doveva risultare un mistero obbligato si risolve invece ora, almeno per noi due, per Osvaldo e per me, in una fragorosa "carcajada" vale a dire, per chi leggendo fosse arrivato fin qui, in una fragorosa sghignazzata.

Giuseppe Varaldo

Un caffè per tre

Chiamatemi Lallo. Del resto mi hanno sempre chiamato cosí, e questo nomignolo, che mi pesa addosso come un marchio, è anche un compendio del mio destino. Provate a pronunciarlo adagio: Lal-lo... Non sentite come suona loffio e flaccido? Non vedete come, data la liquidità di tutte quelle elle, scivola anch'esso? come rotola e slitta da ogni parte? Cosí la mia vita: qualunque obiettivo mi fossi proposto, l'ho sistematicamente mancato, sdrucciolando prima di raggiungerlo. Sognavo il grande attico, la grande città, il grande amore, e mi sono ridotto a vivere ancora nella mia vecchia casa natale in questo buco di Anghiari, con una donna che mai ho amato. Speravo di fare l'avvocato e di avvincere, con arringhe formidabili e una fluida parlantina, pubblico e giuria, e mi ritrovo a fare un lavoro ingrato e sottopagato – il logopedista – , in cui insegno a ragazzi tarati o a vecchi sclerotici nient'altro che i primi rudimenti del parlare. Ma se neppure uno dei miei sogni si è realizzato e nulla è andato come doveva andare, io non l'addebito al Caso o alla sfortuna o al destino cinico e baro. No, se in tutta la mia vita ho sempre slallato (sissignori, vuoi per masochismo, vuoi per autoironia mi sono anche inventato, a mio uso, questo verbo slallare che rende perfettamente ogni mio fallimento), la colpa è stata di due persone: in primo luogo me stesso, sempre troppo dimesso e arrendevole, loffio insomma. Ma in secondo luogo, e ancor piú, il fato avverso ha un nome ben preciso: Ottone. "Nomen omen", veramente. E se dite, scandendoli, prima Lal-lo e poi Ot-tone, lo constaterete anche voi:

è forse concepibile un contrasto maggiore, una differenza
piú abissale? Tanto il primo nome fa sdilinquire, quanto
il secondo induce immediatamente soggezione e attenzione: sembra quasi di dire "At-tenti", e sull'attenti viene da
mettersi al solo sentirlo pronunciare. Sí, è lui, Ottone, che
mi ha rubato la vita: proprio come in quel recente film
omonimo pensava *Toto le héros* del suo vicino di casa. Al
riguardo, anzi, riguardo cioè a questo *topos* – letterario e
non – dell'*alter ego* (personaggio o fisicamente identico,
o fisicamente agli antipodi rispetto al protagonista, ma
sempre e comunque a lui contrapposto in quanto ad anima
e destino), mi sono fatto, ancora per masochismo e
autoironia, una vera cultura: ne conosco tutti i riferimenti
possibili, alti o bassi, comici o drammatici. Dal William
Wilson di Poe all'Armando di Jannacci, dal Medardo–
Vittorino di Hoffmann alla doppia coppia Anfitrione–Giove
e Sosia–Mercurio di Plauto, dai due cugini Enrico e Alberto Van Cleve de *Il cielo può attendere* allo stesso
sdoppiamento Jekill–Hyde. Ed è naturalmente Ottone, che
mi ha succhiato ogni linfa vitale, l'Hyde di noi due. Va-
neggio? Esagero? Lascio giudicare a voi. Sempre insieme
– anche nel banco, intendo – dalle elementari di Anghiari
al liceo di Arezzo, per quella perversa forma di attrazione
che caratterizza molti grandi odi, non potrei però, neppure
volendolo, farvi partecipi di tutte le violenze psicologiche,
le sopraffazioni, le gratuite cattiverie che Ottone, appro-
fittando della mia remissività, allora mi fece subire. Sap-
piate solo che durante tutta la nostra lunga coabitazione
scolastica riuscí sistematicamente a spodestarmi, per cosí
dire, da qualsiasi cosa o persona suscitasse il mio interesse.
Se facevo un gioco, lui trovava il modo di appropriarsene
e comunque di guastarmene il piacere. Se raccontavo una
storiella in compagnia, lui ne anticipava malignamente la
conclusione. Se chiacchieravo con qualcuno, sempre e
ancora lui si inseriva surrettiziamente nel discorso e poi

ne tirava le fila al posto mio. Ma se soprattutto, durante l'adolescenza, niente niente mi piaceva una ragazza, il maledetto, dotato com'era di antenne sensibilissime per tutto ciò che mi riguardava, se ne accorgeva subito, non di rado ancora prima di me: e ogni volta, dopo una corte breve e serratissima, finiva col portarsi a letto l'oggetto dei miei desideri. Ai modi brillanti e all'innegabile fascino del bell'Ottone nessuna d'altronde seppe mai resistere: un vero *tombeur* insomma, ma anche uno sciupafemmine, visto che ogni suo flirt durava al massimo due settimane. Ah! quanto l'ho invidiato, pur detestandolo, per le sue doti di grande seduttore: e ancor piú, e piú in generale, per quella sicurezza di sé, per quella capacità oratoria, per quella dannunziana voglia di osare sempre che gli permettevano in ogni circostanza di sedurre uomini e donne, professori e compagni. Si pensi soltanto alla differenza fra le nostre interrogazioni, nelle quali io, per via di una timidezza quasi fantozziana *ante litteram*, rendevo per 10 quando sapevo per 100, mentre per lui era l'esatto contrario: spesso riusciva a portare il professore sull'unico argomento che aveva studiato, e in ogni caso, tra sofismi e fumose divagazioni, se la cavava sempre. Quando poi, come talvolta succedeva, venivamo interrogati insieme, la sua stronzaggine raggiungeva l'apice: era tutto un rivolgermi a voce alta, con un misto di falso stupore e insopportabile leziosaggine, frasi del tipo "Ma come fai, Lallo, a non ricordare questa data" oppure "Dai, Lallo, che questo passo lo conosci": e mentre il professore annuiva compiacente (se poi era una professoressa, il fascinoso Ottone si meritava anche qualche sorriso ammiccante), io andavo sempre piú nel pallone...

Dopo la maturità (60/60 per lui, che non mancò di conquistarsi l'intera commissione d'esami; solo 42/60 per me, che in Matematica, pur preparato, feci quasi scena muta) le nostre vite fatalmente si divisero. Se io dovetti però, per ragioni economiche, abbandonare studi e sogni, lui si mise a fare ancora una volta quel che avrei voluto fare io: s'iscrisse all'Università – Legge naturalmente – e si trasferí a Firenze. Da allora ci siamo praticamente persi di vista: in tutti questi anni non piú di qualche fugace incontro e di qualche "Ciao" scambiato frettolosamente in occasione delle sue rare capatine al paese. So che non ha terminato gli studi, ma ciò non basta a consolarmi: della laurea non ha infatti bisogno, dato che nel frattempo è diventato uno degli orafi piú noti e piú acclamati sulla piazza fiorentina, con negozio al Ponte Vecchio e abitazione-attico in centro...

E io? Io, l'ho già detto, non mi sono mai mosso dal mio cantuccio anghiarese, che da pochi anni divido con mia moglie, anche lei nostra – mia e di Ottone – compaesana, nonché ex-compagna del liceo di Arezzo: si chiama Erica e gestisce, qui ad Anghiari, un negozietto di erboristeria. Un ritorno di cotta? Il primo amore che non si scorda mai? Nossignori, nulla di tutto questo. Al liceo, se noi maschi ci accorgevamo della sua esistenza, era solo per darle ogni anno all'unanimità, secca e occhialuta com'era, la palma della piú racchia della classe. Va detto però che lei non sembrava tenere affatto alle nostre attenzioni. In tempi assai piú recenti, tuttavia, avendola avuta in cura per parecchi mesi a causa di una lieve balbuzie – balbuzie iniziatale, se non ricordo male, proprio nell'ultimo anno di liceo – , ho cominciato a frequentarla anche al di fuori del lavoro, e ho cosí potuto apprezzarne il carattere estroverso e la mitezza d'animo. E se fra noi non è nato l'amore, è però sbocciato e poi fiorito un affetto profondo unito a una partecipe solidarietà. Esattamente come auspicava Alberto, il cugino sfortunato del film di Lubitsch inutilmente innamorato della bellissima Marta-Gene Tierney, il nostro matrimonio "non è fatto di emozioni, ma è l'adattamento pacifico ed equilibrato di due individui benpensanti". La passione era comunque già esclusa in partenza, allorché le feci la mia brava dichiarazione usando a sua insaputa, imparate a memoria, ancora le parole di Alberto, una sorta di manifesto per quelli come me: "Naturalmente non sono un tipo brillante come tanti altri: direi piuttosto di essere un tipo tranquillo. Se io fossi un abito da uomo, non si direbbe che sia di linea moderna, ma preferisco essere cosí. Posso assicurarti però che sono di stoffa solida, sono stato cucito con cura e la mia fodera è buona, Erica" (Marta nell'originale) "Francamente credo che farei una buona durata: non tengo troppo caldo d'estate, ma proteggo dal freddo l'inverno".

A sottrarmi a questo pacifico tran tran ci ha pensato di recente lo stesso Ottone: sono letteralmente balzato dalla sedia quando, poche settimane fa, mi è capitato per caso di leggere sulle pagine locali della *Nazione*, per la serie "corregionali che contano", una notizia in sé insignificante. Questo il titolo: "Firenze: famoso orafo sposa bella psicanalista". Il fellone aveva colpito ancora. Sí, fra tante donne possibili Ottone aveva impalmato proprio l'unico grande amore della mia vita: la splendida Penelope, la cui fragile avvenenza dominò incontrastata i sogni della mia giovinezza. Frequentava la stessa scuola di noi tre, ma due classi dopo, e tutti i miei approcci si limitarono a qualche sguardo da lontano durante l'intervallo e a rari incontri, apparentemente casuali, per le vie di Arezzo. Se non le dissi mai nulla, al di là della solita timidezza, fu soprattutto – oggi me ne rendo conto – per il timore inconscio che Ottone, subodorando il mio sentimento per lei, potesse portarmela via come le altre. Ma se mai avessi trovato il coraggio di dichiararle il mio amore, forse per lei – e per lei sola – avrei usato le parole suadenti e appassionate del cugino Enrico, esse sí capaci di far breccia nel cuore di Marta.

Dopo tante angherie passate, dopo anni di muta sopportazione, decisi di non lasciargli passare quest'ultimo affronto: dovevo uccidere Ottone. Mi misi in contatto con lui per telefono e per posta, dicendogli semplicemente che Erica e io avevamo saputo bla bla del suo matrimonio con una bella Aretina bla bla e che si era quindi pensato a una rimpatriata bla bla per ricordare i vecchi tempi: una cena a casa nostra per un fine settimana. Tenete conto che i nostri rapporti erano stati sempre formalmente amichevoli: ciò non di meno mi stupii che Ottone accettasse immediatamente l'invito.

Stabiliti il dove e il quando (sul perché ucciderlo mi sono già espresso abbastanza), restava da stabilire il come: il modo migliore mi parve il veleno, tanto piú che potevo procurarmene agevolmente nel negozio di mia moglie. Erica tiene infatti su una mensola in alto, a scopo semplicemente decorativo, vari veleni vegetali, ognuno racchiuso in un vasetto di vetro dall'etichetta sgargiante. Tra molti nomi astrusi e sconosciuti, la stricnina fu una scelta quasi obbligata. Il tutto avvenne naturalmente di nascosto da Erica, alla quale avevo taciuto i miei progetti di morte, cosí come non le avevo mai rivelato né la mia passione giovanile per Penelope, né il mio odio ormai quarantennale per Ottone. Gli odi, come gli amori, non si condividono. La stricnina l'avrei messa, in linea di massima, nel caffè, anche perché sapevo, sperando che nel frattempo non avesse mutato gusti o abitudini, quanto esso piacesse a Ottone, il quale già a sedici anni ne beveva tre o quattro al giorno.

La coppia arrivò puntuale. E se Ottone lo trovai un po' appesantito, Penelope, che non vedevo da oltre vent'anni, mi parve piú in forma che mai: non so se ero piú eccitato nel rivederla o nel pregustare la prossima vendetta. La serata scorse via piacevole: ricordi scolastici e vecchi aneddoti si intrecciarono con le informazioni sul presente, e anche le nostre donne sembravano emotivamente coinvolte.

Io stesso preparai i caffè, ma pure Erica, che lo beve di rado, e Penelope decisero di prenderlo (quanto a me, l'avrei preso in ogni caso per non destare sospetti), il che complicò un poco la mia strategia: in cucina, non visto, sciolsi la stricnina in una delle quattro tazzine, e per essere certo di non confonderla con le altre, nel tornare in salotto col vassoio vi tenni un dito sopra. Una volta di là, la tesi direttamente a Ottone; e mentre avvertivo nel petto un intimo sogghigno, sentii la mia voce che gli chiedeva: "Sempre senza zucchero, vero?"

Immaginatevi dunque la mia sorpresa e il mio raccapriccio allorché, già preparato a godermi l'urlo disperato del mio nemico, udii in sua vece quello, affascinante persino nella morte, della cara Penelope. Sono certissimo di aver dato a Ottone la tazzina giusta: eppure, chissà come, avevo ottenuto di uccidere Penelope, l'unica luce della mia grigia esistenza! Ma ogni piccola luce evoca profonde oscurità, e io avevo sbagliato una volta di piú.

Chiamatemi Ottone. Del resto i pochi amici e i molti nemici mi hanno sempre chiamato soltanto cosí. Ed è un nome spigoloso e freddo, senza cuore né anima, che non detesterò mai abbastanza. Però devo ammetterlo, mi calza a pennello, o almeno calza a pennello all'immagine che nel corso degli anni gli altri si sono sempre fatti di me: via via un bambino, un ragazzo, un giovanotto, un uomo senza cuore né anima. Adesso che son quasi vecchio, mi rendo conto tuttavia che anche quel mio ostentato cinismo, quella mia burbanza scostante e provocatoria altro non erano se non tentativi inconsci – e certamente goffi e mal riusciti – di piacere, di farmi accettare per quello che nel profondo sentivo di essere. Il risultato era invece che in ogni scuola frequentata finivo col risultare il piú odioso, in ogni compagnia il piú stronzo. E se con l'altro sesso potevo vantare allora molti successi, quanto essi furono effimeri, e quanto poco soddisfacenti: ancora una volta si univano i corpi, non le anime o i cuori. Non mancandomi qualche qualità (bellezza, creatività, parola facile), fui spesso ammirato, talora invidiato, mai amato. E nel mio intimo invidiavo a mia volta chi come Lallo, eterno compagno di banco, riusciva a farsi benvolere da tutti quasi senza fare nulla, e comunque senza sforzo alcuno: *naturaliter*, avrebbe detto la nostra prof di Latino e Greco. Al contrario di me, lui riusciva sempre a essere se stesso, perché il suo fuori coincideva col suo dentro, senza maschere o scorze o infingimenti: aveva quella spontaneità, quella naturale simpatia che a me facevano difetto. Ma l'invidia, lo sapete, è come la calunnia di Don Basilio: cresce cresce cresce sino a divenire insostenibile e a trasformarsi in odio mortale. Né ignoravo che anche lui mi odiava... Nel banco assieme! Come se dividessero il banco Ettore e Achille, Sandokan e Lord Brooke. Di piú: come se dividessero il banco Davide e Golia, non solo acerrimi nemici, ma personaggi fra loro opposti e quasi complementari. E quel nostro banco mi è sempre piaciuto immaginarlo come una sorta di pila, di cui lui era ovviamente per tutti il polo positivo e io quello negativo.

Mi chiedete perché lo detestassi tanto? Ma perché col suo insopportabile lallismo (è cosí che amo indicare quella miscela nauseabonda di aria perbene, sensibilità esasperata, pulsioni elementari non mediate dalla ragione) faceva risaltare, agli occhi miei ancor piú che a quelli degli altri, la mia mediocrità intellettuale, quel senso di alienazione che da sempre mi perseguita.

Già allora, certo, mi presi su Lallo qualche piccola rivincita, magro conforto alle mie frustrazioni: nei nostri giochi, nelle vicende scolastiche, nelle compagnie di amici, era tutto un provocarlo, uno sfotterlo, un irritarlo. Come per i duellanti del film di Scott, il nostro era un duello continuo, il cui esito finale veniva però costantemente rinviato. E se di noi due ero io quello che lanciava il guanto di sfida, io quello che fissava il luogo e il momento, io quello che attaccava e affondava di piú, era anche mio il sangue piú copioso, mie le ferite piú purulente. Contando sul fatto che l'animo di Lallo, proprio per quella mancanza di filtri fra il suo io interno e il suo io esterno, è sempre stato per me un libro aperto e perfettamente leggibile, e che quindi intuivo rapidamente, fin dai primi batticuore, i suoi rari innamoramenti (innamoramenti destinati comunque a rimanere platonici), giunsi persino a mettermi, al solo scopo di ferirlo, con ragazze di cui non m'importava nulla e in storie che presto finivano.

Dopo il liceo Lallo ha continuato a vivere ad Anghiari, dove fa il logopedista e dove, pochi anni fa, ha sposato quella virago tutta pelle e ossa che ai nostri tempi nessuno – neppure lui, credo – si sarebbe sognato di abbordare. Io invece andai a studiare Legge a Firenze, dove per mantenermi cominciai a fare qualche piccolo lavoretto di oreficeria. Ben presto il mezzo divenne il fine: abbandonai pandette e digesti e mi dedicai a tempo pieno al mestiere di orafo. Una carriera fulminante, oggetto ancora una volta di ammirazione e invidia. Ma sul piano privato, sul piano dei rapporti personali, gli anni di Firenze sono stati persino piú angoscianti di quelli precedenti: pensate che per moltissimo tempo non riuscii ad avere alcuna relazione – non dico stabile, ma neppure transitoria – con una donna: mi rifugiai cosí in uno sfrenato onanismo, mentre il mio equilibrio diventava ogni giorno piú precario e la mia percezione della realtà sempre meno precisa. Quel che Lallo sicuramente non immagina è che ho conosciuto Penelope in veste di paziente: per anni sono stato in analisi con lei, avendo modo di constatarne preparazione e professionalità. Se mai ho avuto un cuore e un'anima, solo a lei li ho dischiusi...

Dopo secoli di silenzio, ecco che un bel dí Lallo si rifà vivo, e in un modo cosí esageratamente assillante da apparire sospetto: nel giro di pochi giorni un telegramma, due lettere e varie telefonate! Capii subito che c'era sotto qualcosa. Ma io ho l'istinto del giocatore: amo rischiare e vado sempre a vedere le carte dell'avversario. Accettai dunque il suo invito, imponendomi soltanto di stare in guardia. Ve l'ho detto: Lallo è cosí lineare, cosí prevedibile! Pensate che già all'aperitivo mi aveva chiesto due o tre volte se amavo ancora il caffè e se l'avrei preso a fine pasto! E con quale ansia, con quanti impappinamenti! Sebbene tuttora mi sfugga perché abbia scelto proprio questo momento delle nostre vite per cercare di uccidermi (forse perché la sua invidia non era disposta a sopportare quest'ultima goccia, ossia il mio matrimonio con una donna bella, ricca e di successo), intuii subito sia i suoi intenti omicidi, sia la minaccia costituita dal caffè. Come appresi poi dalla perizia tossicologica e dall'autopsia, si trattava appunto di stricnina nel caffè. Quale ovvietà! Quale ulteriore prova della sua assoluta mancanza di fantasia! Dovendo avvelenare qualcuno (e già il veleno in sé mi pare un metodo per uccidere salottiero e superato), io sarei stato senz'altro piú originale: invece di codesto espediente da giallo di terz'ordine, avrei usato – che so – l'atropina nel caviale o il sublimato corrosivo nel ragú; o anche, banalità per banalità, la cicuta di Socrate. Comunque sia, lungi dall'accusarlo o dal metterlo alle strette, decisi che quella tazzina avrebbe finalmente risolto, e in mio favore, l'annosa questione fra noi due.

Dopo avermi dato il caffè alla stricnina, Lallo parve rilassarsi un poco, e questa sua deconcentrazione, su cui contavo, mi avvantaggiò; cosí come trassi vantaggio dall'essere seduto accanto a lui. Mi bastò infatti alzare dal tavolo e portare alla bocca, con studiata *nonchalance*, la tazzina di Lallo invece della mia, e quasi contemporaneamente, con l'altra mano, spingere la mia tazzina verso il posto di Lallo. Se Erica o Penelope, spettatrici ignare, si fossero accorte di questa manovra, avrebbero di certo pensato a una mia semplice svista, peraltro prontamente rimediata dalla mossa successiva: le due tazzine erano infatti, veleno a parte, identiche e intercambiabili, giacché entrambi beviamo il caffè amaro. Per non insospettire Lallo, e anche per gustarmi maggiormente l'effetto *boomerang*, tenni a lungo la tazzina appoggiata alle labbra, visibilmente senza bere. Ma fu allora che accadde l'inverosimile. Penelope balzò su con un grido, poi si accasciò, morta. Un assurdo, un non senso. Come se, nello scontro fra Ettore e Achille, perisse Andromaca! Povera Penelope...

Chiamatemi Erica. Del resto è un nome che ho sempre amato: intanto perché suona bene (E-ri-ca, non sembra anche a voi?) e poi perché, essendo sdrucciolo e poco comune, non appare conforme alla massa. Cosí sono io: non soggiaccio a mode e consuetudini e canto fuori dal coro, seguendo soltanto il mio gusto personale e quello che io chiamo confidenzialmente l'e.d.m., cioè l'estro del momento. Unica eccezione a questa mia regola (la regola di non avere regole) è stato forse il matrimonio con Lallo. Ma che volete, le sue premure, la sua amabilità, la sua lealtà nel dirmi fin dall'inizio quel che potevo aspettarmi da lui mi convinsero a unire le nostre due solitudini. E in fondo non vi pare abbastanza anticonformista una lesbica che si sposa? Sí, avete capito bene: se con gli uomini ho accattato, tutt'al piú, scampoli di piacere, è solo con le donne che ho provato emozioni ed estasi. Però, come molti uomini e donne normosessuali (è cosí che preferisco chiamarli, proprio per sottolineare la diversità di cui vado fiera), anch'io vanto una sola storia importante. Fu in terza liceo, con una ragazzina piú giovane di me di due anni. Ragazzina! Mai termine fu piú improprio. Certo anch'io mi lasciai ingannare e sedurre dalla sua aria sbarazzina, dal suo viso slavato, dai suoi modi apparentemente sprovveduti: ma imparai a mie spese quanto fosse in realtà smaliziata e perfida. Dopo tre mesi bollenti e indimenticabili, durante i quali anche lei sembrava felice o almeno gratificata, dall'oggi al domani mi lasciò. Ma fu soprattutto il modo che non le ho perdonato. Avrei infatti capito se mi avesse detto che questa storia con me non la realizzava, che non se la sentiva di andare avanti, che potevamo comunque restare buone amiche. L'avevo in fondo sempre saputo che lei era, per indole e vocazione, una normosessuale temporaneamente prestata agli amori saffici; ed ero consapevole fin dall'inizio che il nostro rapporto non era fatto per durare. Ma lei no, volle a tutti i costi ferirmi: mi derise, mi disse che mi aveva assecondata soltanto per provare il dolce sapore della perversione, e che per lei era stato tutto un gioco fin dall'inizio. Mi aveva usata, capite, e poi, appena non servivo piú, buttata via come un abito smesso. Arrivò addirittura a gettarmi in faccia la mia diversità, chiamandomi "anormale".

Fu per me una batosta terribile: rimasi sconvolta e insicura, cominciai a balbettare, caddi in un vero esaurimento nervoso. Ricordo che quando andai a dare l'esame di maturità parlavo e mi muovevo come un automa, e se riuscii a passarlo lo stesso, sia pure per il rotto della cuffia (36/60), fu solo attingendo all'ultima goccia delle mie inesauste energie. Poi, a poco a poco, seppi riprendermi: ma quell'antica ferita non si è mai rimarginata del tutto.

Come dite? Volete sapere il nome di quella ragazzina? Ma sí che l'avete capito: il suo nome era Penelope, e già questo verbo al passato ("era") suona dolcissimo sulle mie labbra... Giuro però che non c'è stata in me nessuna premeditazione: di lei avevo perso ogni traccia, e non sapevo affatto che fosse la moglie di Ottone. Lallo mi aveva detto soltanto che si trattava di una psicanalista originaria di Arezzo. Lei invece doveva certo sapere di me, perché quando aprimmo la porta aveva già, stampato sul viso, lo stesso falso sorriso di allora: e mentre io scolorivo nel vederla, quella puttana non mosse un muscolo. Solo le sue pupille ebbero un lampo di sfida.

Se non sapevo di Penelope, avevo però intuito quel che Lallo intendeva fare: il vasetto della stricnina manomesso, l'attesa esagerata di quella cena, il corollario di ansia e sudori freddi, tutto lo tradiva. Se avevo preferito non dirgli nulla, ero tuttavia pronta a intervenire – come la buona fatina di Pinocchio – per impedire sul nascere i probabili malestri di quel pasticcione. Né mi ci volle molto, quella sera, a capire che la morte sarebbe venuta dal caffè: sia per il sapore amarissimo della stricnina, sia per gli accenni continui dello stesso Lallo al caffè prossimo venturo. Ignoro tuttavia il movente. Cioè, so bene che, pur nel banco assieme, lui e Ottone non sono mai andati troppo d'accordo: ma da qui a ucciderlo ce ne corre. E poi perché proprio ora? Ma io, oh io sí che avevo un motivo buono e giusto per uccidere! Per me sí la vendetta era un diritto, un dovere quasi.

Appena vidi Penelope, decisi su due piedi, col mio solito e.d.m., che se solo le circostanze me l'avessero consentito, avrei approfittato della situazione per vendicarmi. E badate che, senza il mio intervento, Lallo sarebbe stato vittima del suo stesso piano: Ottone, infatti, di certo soprappensiero, aveva scambiato le tazzine. Ebbi però la presenza di spirito (alias e.d.m.) di portarmi alle spalle di mio marito, per cingergli il collo come in un gesto d'affetto: in tal modo incrociai le braccia al di sopra del tavolo, mentre nella mano sinistra tenevo una terza tazzina. Ma quando mi staccai da Lallo per rizzarmi nuovamente in piedi, la tazzina col veleno era passata nella mia destra e quella che avevo prima giaceva innocua di fronte a lui.

E nel porgere il caffè a Penelope, ebbi la pensata di dirle piano e senza balbettare, a lei tanto assetata di normalità, "lo vuoi corretto o... normale?". Proprio cosí, con una pausa da teatro prima di "normale". E normale fu pure la sua reazione alla stricnina: urlo lancinante, spasmi, mani portate alla gola... Ne seguivo i contorcimenti con lo stesso interesse con cui un entomologo osserva l'insetto oggetto dei suoi studi; e se esternamente mi mostravo, al pari di quei due cretini, esterrefatta e sgomenta, in cuor mio gioivo. Oh se gioivo!

9 788889 364157 9